あなたに会える
杜のごはん屋

篠友子

双葉文庫

目次

あなたに会える杜のごはん屋

プロローグ

人里離れた標高一千メートルほどの場所にある森の中に、ポツンと佇む一軒のログハウス。周辺では鳥が鳴く声と近くを流れる小さな川の水音が響き、人目を遠ざけるかのように家の周りには鬱蒼とした木々が生い茂っている。ログハウスの入り口までは、目の前のかろうじて道と言えるような道から緩やかなスロープを下らなければならない。

そして、そのスロープの入り口には、さりげなく看板が立てられていた。

――あなたに会える、ごはん屋――

ごはん屋の店主は、三十代半ばの男性。都心部の小洒落たレストランが似合いそうな風貌の彼が何故こんな山奥でひっそりとごはん屋なるものを営んでいるのか、その理由を想像することは難しい。

店主の携帯がかすかに鳴る。ネットから予約申し込みが入ったことを知らせてきたのだ。店主は一週間後の予約日を確認すると、予約完了のメールを送信し、今日の午後にやってくる別の客の料理を確認した。この店のホームページには、こんな文章が綴られている。

——当店では一日一名様のご予約を受付けております。

大切な人を亡くしてしまい、とても後悔している思い出はありませんか?

その方との思い出のごはんが、あなたを苦しみから解放します——

店主の名前は、天国繁《あまくにしげる》。ミシュランの三つ星を獲得し、予約の取れない人気店として知られたイタリアンレストランを南青山で営んでいたオーナー兼シェフだ。長身で端整な顔立ちもあり、メディアにも登場するほどの著名人だった。しかし三年前、突然店を閉め、行方不明となっていた。オープンから僅か二年で突然姿を消した人気シェフの話題は、当時メディアにも取り上げられ、SNSもざわつき、行方不明から一カ月も経つと、様々な謎めいた噂が飛び交っていた。しかし、更に一カ月でその話題は風化していった。

そして半年前、突如天国のSNSが動いた。

——ご無沙汰しています。天国です。新しくお店をオープンしました。お心当たりがある方はご予約をお待ちしています。

＃あなたに会える、ごはん屋　morinogohanya.jp――

第一話　ニラ豚

ＰＲ会社で働く野上聡子がランチタイムを前に何を食べようかと携帯を見ながら悩んでいると、ごはん仲間の友人から携帯にメッセージが飛び込んだ。

〔天国さんが、現れた！　また店を始めたみたいなんだけど、ヤバい！　見て！〕

聡子はメッセージに既読をつけると、続いて送られてきたＵＲＬをタップする。四年ほど前、四十代に突入すると同時にバツイチになった聡子の気晴らしは、美味しいもの巡りだった。新しい店を見つけては休日にごはん仲間と食べ歩き、なかでも天国シェフの店はお気に入りの一軒だった。天国の店を知ったのは、偶然目にした月刊誌の記事だった。イケメンシェフの写真に心惹かれ、店を訪れたのだ。それ以来、その味と店の雰囲気がたいそう気に入り、月に一回のペースで通い詰めていた。それが三年前に突然閉店となり、メディアを騒がせたシェフもいなくなり、最近ではすっかりその存在すら忘れていた。そんな天国の料理が再び食べられるのなら、チェックしない手はない。少しの興奮を覚えながら、新しい店のサイトを訪れた。

そのサイトには、かつての洒落たイタリアンを思い出させるものは何もなく、「思い出のごはん」という文言と、「苦しみから解放します」という怪しげな一文が目に飛び込んできた。店がどこにあるのかを探してみるが、所在地情報がどこにも記載されていない。好奇心から、予約ボタンをクリックしてみる。予約に必要な情報は、思い出のごはんに付けられた名前と、簡単なレシピ、そして誰との思い出かということだった。そこまでの情報を確認した聡子は、友人にメッセージを返す。

【前の店とは全然違う感じじゃない？　しかもどこにあるのか、わかんない】

友人が聡子の返事を待っていたのだろうか。すぐに既読がつき、返信が届いた。

〔謎めきすぎでしょ⁉〕

【でも天国さんの料理、食べたいよね？】

〔食べたいけど、わたし、苦しんでないしなぁ、しかも一日一人だけだよ。一緒に行けないってことだよね⁉〕

【だね】

貴重な昼休み前の時間にだらだらと会話をする気も起こらず、聡子は最後の二文字でメッセージを終えた。

午後からは通常どおり仕事をこなしたが、退社してから家に帰りつくまで聡子の頭の中から「思い出のごはん」という言葉が消えることはなかった。何故なら聡子には五年前に亡くなってしまった父親との思い出のごはんがあり、生きている間に伝えられなかった言葉があったからだ。苦しむほどの思い出ではないと思っていたが、いつまでも胸の中にわだかまりとして残り、忘れることができなかった。多少動機が不純かもしれないが、自分の苦しみというよりは、行方不明になってからの天国への興味も拭えず、何故こんな怪しげな店を開いたのかが気になって仕方がなかった。更に客に振舞う料理が自慢のイタリアンではなく、指定された思い出の料理だという点も聡子の好奇心を大いに掻き立てた。とりあえず天国の店を予約してみようと、聡子は思った。

一人の夕食を終えると、ノートPCを開き、再びサイトを訪れた。予約申し込みボタンをクリックする。さらに「予約状況はこちら」というボタンが表示されたが、店の住所はまだどこにも見当たらなかった。益々謎めいている。予約が完了するまで場所を教えないということなのだろうか？　でも遠方すぎて行けない場所だったらどうするんだろう？

聡子は多少の不信感を抱いていたが、好奇心の方が勝ってしまい、その先へと進んだ。画面に表示されているボタンをクリックすると予約が可能な日程を確認するカレンダーが表示され、毎月一日か二日しか予約できないようになっていた。やはり、かつて人気シェフだった天国の店だ。既に店の評判が知れ渡っているのだろう。聡子は想像を膨らませながら、一番早い予約日を探す。三週間後の週末が空いていた。意外に待たなくてすむことは嬉しかったが、時間は細かな指定ができないようで、十三時、十七時の二択しかなかった。聡子は十三時を選択し、あとは必要な情報を入力する。

思い出の料理名「ニラ豚」

必要な材料「ニラ、豚のバラ肉」

簡単なレシピ「材料を塩胡椒で炒める」

誰との思い出ですか？「父」

そして、自分の名前、年齢、メールなどの個人情報を入力し、最後に予約申し込みボタンをクリックした。

それから数分後、店から予約完了のお知らせメールが届き、初めて店の住所を知った。（山梨県……）。メール内の住所をGoogle Mapにコピーし、場所を確認する。かなり山の中のようだった。最寄りの駅名はメールに記載があったが、駅からタクシーで三十分とある。山道の運転には慣れていないが、帰りを考えるとレンタカーを借りた方が良さそうだと思った。また不安よりも好奇心が勝利し、とりあえず行ってみようと決心した。

予約日当日。天国の店を予約したことは、誰にも言っていなかった。ご飯仲間からは、あの後〔どうした?〕とこちらの様子を窺うメッセージが届いたが、店に行くことを伝えてしまえば、思い出の料理や父とのことを聞かれると思うと面倒だった。

【今回はあきらめるわ。お店の場所もわかんないから、何か怪しすぎる】

そんなメッセージを返し、やり過ごしたのだ。

事前に調べた情報だと、渋滞がなければ到着まで約三時間。しかし、初めて訪れる場所で、不慣れな山道の走行ということもあり、聡子は予約時間の五時間前に家を出発した。車のナビゲーションに住所を入力し、ナビ通りに都心部から高速へと乗り入れていく。神奈川の相模湖周辺を抜けるまで渋滞に巻き込まれたが、二時間ほど余裕を持って出発したため焦ることもなく、中央道に入ってからは晴天の空を眺めながら大いにドライブを楽しんだ。山梨県に入ると富士山と南アルプス連峰が見えてくる。聡子は少しだけ窓を開けて外の空気を感じてみた。初夏と言われる季節だが、都心部は温暖化のせいで日々暑苦しさを感じなければならない。しかし目の前に富士山が見えるこの辺りの空気は、どこかヒンヤリと心地よかった。

ふと車中のディスプレイで到着時刻を確認すると十二時十五分と表示されている。家を出発してから三時間近く走行している。次の双葉SAで時間調整をすることにした。富士山を展望できることで人気のSAは、週末ということもあり、家族連れも多く賑わいをみせていた。事前のネット情報では、このSAで評判のグルメはステーキ重。ワインの搾りかすを混ぜた飼料で飼育された牛モモ肉のステーキとオニオンソースの相性が抜群らしい。折角なので、一口でも味わいたいところだったが、天国の料理の前に他のものを食べるわけにもいかず、食欲を封じ込め車から降りた。澄んだ空気を思いきり吸い込みたくて、大きな深呼吸をしながら全身を軽く伸ばし、トイレだけ済ませると、また車に乗った。

停車中の車中から雲一つない晴天の空を見上げ、天国が用意してくれる父との思い出の料理にふと思いを馳せる。五年前に突然倒れたまま帰らぬ人となった父が作る料理と言えば、ニラ豚だった。酒が好きだった父は美食家と言えるほど食べることも大好きで、美味しいものを見つけては、母を連れて食べ歩いていたようだ。そんな父が必ず自分で作って食べる料理がニラ豚だったのだ。無邪気な子供の頃は聡子の好物だったが、大人になってからはさほど感激することもない平凡な料理の一つだった。そして聡子が二十歳で結婚して家を出てからは、実家に帰るたびに必ず父が用意していた料理でもあった。二十年近く、毎回食べさせられるニラ豚に父の思いが込められていたことを、聡子は父が亡くなる日まで全く気付いていなかった。

結婚してからの聡子と父の関係は良好とは言えなかった。実家に帰るたびに父の苦言を聞かされ、時には聡子が声を荒らげて口論になることもあった。公務員の父は、聡子の相手が収入の不安定な実業家だと知ると結婚には大反対だった。それでも結婚して息子になれば、少しは仲良くしてくれるものと期待していた。しかしそんな聡子の思いは、早くから崩れることになる。夫は何をやっても仕事が三年と続かず、常に生活に追われる日々を送る娘の姿を見るのが辛かったのだろう。たまに夫と実家を訪れても、父は夫と社交辞令程度の挨拶を交わすことしかなかった。それでも父は聡子を心配して、多額ではなかったが定期的に経済的な援助をしてくれていた。父にとって夫は、大きな夢ばかり追いかけるだけでうだつが上がらず、娘に金の工面をさせているただの道楽者で、とてもじゃないが男として認めることができなかったのだろう。できる限り実家に頼りたくないと思っていたが、一人っ子の聡子には頼る場所が実家しかなかった。今から思えば、どれだけ両親に支えられていたかを痛感する。父が亡くなってから一年後に母も静かに他界したが、両親がいなくなってからは一度も〝ニラ豚〟を食べたことはなかった。父と最後に会話をした夜の出来事は、頭の中に霧がかかったような状態で鮮明な記憶として残っていない。そんな父との思い出のニラ豚を天国シェフはどう料理してくれるのだろう。料理を食べるだけで、どこか重苦しい思いが消えるのだろうか？　聡子はこれから自分に起ころうとしていることの一片も想像できない不安を抱いていたが、同時に何故天国が人気店を閉店し、山奥で店を再開したのか、その理由を聞いてみたいという好奇心も消えてはいなかった。

しばらくして、再び車は天国の店を目指す。長坂のＩＣを降りると、ショッピングセンターを通り過ぎ、民家が立ち並ぶ住宅地を抜け、徐々に山の上へと車がナビゲーションされていく。この辺りは八ヶ岳南麓エリアと呼ばれているらしいが南アルプスや富士山の眺望も素晴らしい。両側に畑が広がる景色が見えたかと思うと、いきなり車一台がやっとといった道幅の道路に誘導され、そこからは山道が続く。ハンドルを握る手も緊張していた。そして道が蛇行しながら徐々に上っているのがわかった。山道に入ってからしばらくは別荘のような建物がポツポツと見えていたが、五分も走ると人気《ひとけ》を感じるものが視界から消えた。聡子に新たな緊張が走る。大丈夫だろうか。本当にこんな山奥に店があるのだろうか。平坦と上りの道を繰り返しながら更に五分ほど走ると、今度はかなり急な坂があった。その坂を上ったところでいきなり視界が開け、ナビゲーションが目的地に到着したことを知らせてきた。どうやらここが行き止まりのようだった。

到着時間は十三時。予約時間オンタイムだ。道から少しだけ見下ろす位置に尖った三角屋根のログハウスが見えた。聡子が今いる道から、そのログハウスまで石を敷き詰めた緩やかなスロープが続いている。そしてそのスロープの始点には、「あなたに会える、ごはん屋」という文字が書かれた板の看板が立っていた。聡子は車から降りると、店の入り口を目指し、スロープを下り始めた。スロープの右側は鬱蒼とした

木々が生い茂り、その奥がどうなっているのか想像もできないほどの森が広がってい
る。そして左側は森の重々しさを掻き消すように一面紫色のラベンダーが咲き誇り、
辺りはどこか幻想的な雰囲気を醸し出している。
ログハウスの玄関前には、スロープに敷き詰められているものと同じ石が点在して
おり、幻想的な雰囲気に加え、高級感も感じられた。聡子は扉の周りを見渡してみる。
インターホンのようなものは見当たらない。ふと右側に一本の細いしめ縄のようなロ
ープが垂れており、見上げて確認すると、ベルがぶら下がっている。聡子は手を伸ば
して、その紐を引き、ベルを鳴らした。
いきなり天国シェフが出迎えてくれるのだろうか？ それともこんな秘境の店でも
スタッフがいるのだろうか？ 色々なことを想像しながら、聡子は目の前の扉が開か
れるのを待った。
しばらくして、扉が静かに開き、中から懐かしい天国シェフが現れた。天国の外見
は、聡子が店に通っていた頃と全く変わっていなかった。
「野上様、ようこそいらっしゃいました。迷われませんでしたか？」

外見も声も昔と変わっていない。「こんな声だった……」と聡子は懐かしさで言葉に詰まってしまった。天国は、そんな聡子の様子を窺いながら、店の中へと案内した。そして短めの廊下の先にある部屋に到着すると聡子の方を振り返り、再び言葉をかけた。

「野上様、ご無沙汰しています。四年ぶりでしょうか?」

天国が自分のことを覚えていたことに聡子は随分と驚いたが、やっとの思いで口を開いた。

「とても心配していました。またお会いできたなんて……。嬉しくて言葉が見つからないです。そして覚えてくださっていたなんて」

「もちろん覚えています。一度でも店に来ていただいた方のお顔は忘れません。定期的に通っていただいていたお客様は、お名前も覚えています」

天国の顔から笑みがこぼれる。

「では、予約を入れた時にお気づきだったのですね?」

「はい」

「天国さん、何故こんな山奥でお店を……」

聡子は天国が自分を覚えてくれていたことの嬉しさから、早々に立ち入った質問をしてしまった。天国は苦笑しているが、答えない。咄嗟に気まずさを感じ、聡子は話題を変えた。

「料理とはいえないシンプルなものでお恥ずかしいのですが、父との思い出の料理ということに嘘はありません」

聡子は少し気恥ずかしさを感じながら言った。天国が何事もなかったかのように返答する。

「嘘だなんて思っていないですから、ご安心ください。こんな山奥までいらっしゃってくださる方ですから、それなりの理由があると思っています」

父との思い出に苦しんでいるほどではないと思っていたので、予約を入れたことに少し罪悪感を覚えていたが、天国の答えに胸をなでおろし、やっと緊張から解き放たれたような気がした。そして、改めて店の中を見渡す余裕ができた。今聡子が立っている場所は三十畳ほどの広い部屋で、真ん中に四人用の大きな木のテーブルと椅子が置かれている。そしてその奥には大きなカウンターがあり、その向こう側がキッチンになっているようだった。この部屋以外には個室らしきものはなく、右側には、広めのテラスがあり、丸テーブルと椅子が二脚置かれていた。外観の三角屋根の部分が建物の中から見ると吹き抜けになっており、カウンターの真上に見える二階の手すりの奥に個室があるようだった。

「外から拝見するより、広く感じます。素敵なログハウスですね」

聡子は好奇の眼差しで部屋の中を一通り眺めている。

「気に入っていただけたようで良かったです。食事には素敵な空間が必要ですから」

天国は、さりげなく椅子を引き、聡子をテラスが見えるテーブル席に座らせ、温かなおしぼりと水の入ったグラスを置いた。

「思い出のご飯は人の数だけ存在します。この静かな森の中でお父様との記憶を思い出していただくだけで野上様にとって素敵な時間をご提供できると思います」

天国の優しい微笑みに、聡子は静かに頷いた。この時から聡子は天国に何か不思議な印象を感じ始めていた。(明らかに昔の天国さんとは違う)。山奥の木々に囲まれた一軒家というロケーションが聡子を不思議な世界へといざなっているのか、それとも天国が本当に不思議な人になってしまったのか、その区別はもちろんつかないが、漠然と何か奇妙なことが起こりそうな予感を感じていた。そして、いつの間にか聡子の中の天国への好奇心が薄らいでいた。

「それではお料理ができるまで、少しだけお待ちください」

天国はそう言って、キッチンへと立ち去った。

天国がキッチンの方に移動してから、聡子は目の前の大きな窓から見える森の景色をぼんやり眺めていた。時折、初夏の風が木の葉をゆっくりと揺らしている。部屋の中までその音が聞こえてくるわけではなかったが、細い枝がしなる程度の風が吹いているのがわかる。そして視覚に飛び込んでくるその風景が音を想像させた。窓枠が大きいせいか、それはまるで一枚の動く絵画を見ているようだった。

しばらくして懐かしい匂いが聡子の鼻先をくすぐりだすと、どこからともなく父の声が聞こえてきた。

「焼酎にはニラ豚が一番美味い」

父が台所に立って、料理の腕をふるっている。

「久々に娘が帰ってきたのに、いつもニラ豚なんだから。たまには他のものも作ってあげなさいよ」

母の不満そうな声も聞こえる。

「俺が作るのはニラ豚だけ！　娘への最高のおもてなしなんだよ！」

父がそう言って豪快に笑っている。聡子は実家に帰った時の両親とのやりとりを思い出していた。それが父との最後の夜の記憶だと知るのはもう少しあとだ。

「シンプルなんだけど美味しいよね。たまに家でも作るけど、お父さんの味と同じにならないのよ。何が違うのかなぁ……」

毎回のニラ豚に少々飽きている聡子だったが、父の機嫌を損ねないよう、上手く会話を合わせていく。

「手の込んだ高級料理が美味いとは限らないからなぁ。父さんがいつも言ってる隠し味も忘れずに入れてるのか？　母さんにも言ってるんだが、塩胡椒とのバランスがダメなんだ」

具材が炒められている音に父の答えが重なって聞こえてくる。

「お前も結婚してから苦労が絶えないが、最近のあの男はどうなんだ？　まともに生活できるようになったのか？」

「やめてよ、お父さん。私が結婚してもう二十年近いのに、未だに〝あの男〟って……」

「別に本人を目の前に言ってるわけじゃないからいいだろ」

父の声色が変わった。きっと仏頂面をして言い返しているんだろう。聡子は小さくため息をついた後、気を取り直し、今日実家に帰ってきた理由を父の背中越しに伝えた。

「お父さんとお母さんに心配をかけて本当に申し訳なかったけれど、やっと彼の仕事が上手くいって、もう生活の心配をしなくて良くなるのよ。お父さんも来年には定年でしょ？　娘のことは心配しないで、お母さんと余生を楽しんでほしいの」

出来上がったニラ豚が盛り付けられた皿を運んでいた母が、矢継ぎ早に話しかけてきた。

「本当なの、事業が成功したって。生活が安定するの？　あなたは仕事を辞められるの？」

「おいおい、そんな一度に訊ねても答えられないだろう。お前も落ち着けよ」

父が母を追いかけて食卓に移動しながらなだめていたが、椅子に腰を下ろすと待ちきれなかったように父もまた身を乗り出して聞いてきた。

「それで、母さんが聞いたとおりなのか？　大丈夫なのか？」

父も半信半疑なのだろうが、期待しているように聞こえた。そんな両親の姿を見ながら、聡子は嬉しかった。夫の事業が上手くいかない度に生活費を工面してもらっていた両親にやっと恩返しができるのだ。

「本当に大丈夫だから。今度は凄いの。ひょっとしたら億万長者になるかも！」

聡子も少しはしゃいでみせた。

「今日はその報告に来たのと、まずはお父さんとお母さんに旅行でもしてほしいから、彼が海外旅行をプレゼントしたいって。だからどこに行きたいか聞いてこいって」

聡子がはしゃぐ姿を微笑ましく見ていた父だったが、一瞬にして表情が険しくなった。聡子にはその父の変わりようが理解できなかった。

「そういうことなら、何故〝あの男〟も一緒に来ないんだ！　旅行？　そんなものはどうでもいい。これまでお前に苦労をかけたことを詫びたのか？　どこまでも浮ついているところが、どうも気に入らん」

父の憮然とした様子が頭に浮かんだ時、父と交わした最後のやりとりの記憶が蘇った。父が亡くなってから、聡子の心が封印していた出来事だ。

頭の中に霧がかかったような重たい感覚を振り払おうとしていた矢先、天国が出来上がった料理を運んで来た。

「お待たせしました。ご予約いただいた〝ニラ豚〟です」

天国の言葉で聡子は我に返った。聡子の目の前にはニラ豚とふっくらと炊き上がったご飯が並べられた。

「どうぞお召し上がりください。お父様との思い出とともに」

そう言いながら、天国は聡子の正面に座った。聡子が不思議そうに天国を見つめる。聡子が思い出していた両親との光景が天国にも見えていたのだろうか？　いや、そんなことはあり得ない。それでも聡子を優しく見つめる天国の視線が、聡子に「全てを知っていますよ」と言っているように思えてならなかった。

「冷めないうちに、どうぞ」

天国が聡子を促した。聡子は天国への疑問を頭から振り払い、改めて料理から立ち昇る温かな湯気とその香りを嗅いだ。心が落ち着いていく感覚に浸りながら、懐かしいニラ豚を眺めた。父が作っていたのと同じように、ニラは炒めすぎておらず、緑色の葉が鮮やかに発色し、ピンと背筋を伸ばしているように皿の上に載っている。聡子は豚肉とニラを合わせて箸でつかみ、口の中へと運んだ。塩胡椒のシンプルな味付けが口の中に広がった後、新鮮なニラの香りとシャキシャキとした歯応えに、脂身の強い豚のバラ肉の甘味が程よく絡みついてきた。その食感を楽しんでいた矢先、聡子の口の動きが不意に止まった。父が隠し味だと言っていたカツオ出汁の味が口の中に残るのを感じたからだ。更にその味だけでなく、少し塩味を感じるような塩胡椒のバランスは父が作るものと一ミリの誤差もないことに驚いた。聡子は、正面の天国の顔を凝視したまま、口の中のものをゆっくりと飲み込むと、一度静かに箸を置いた。

「父の味そのものです。父が作ったものと全く変わらない。隠し味にカツオの出汁を使うことをお伝えしていなかったと思いますが、何故お分かりになったのですか？」

聡子の問いかけには答えず、天国はただ優しく微笑みながら言った。

「どうぞゆっくりお召し上がりください。お父様との記憶が更に蘇ってくるかと思います」

天国はそう言うと席を立ちあがり、またキッチンの方へと戻っていった。

聡子は天国が何故質問に答えてくれないのかと、少し不満だったが、追いかけて問いただすこともないと思い、促されるまま箸をすすめニラ豚を口に頬張った。するとまたどこからか、父の声が聞こえてきた。それは、聡子の中で無意識に封印していた父との最後の会話だった。

「彼は浮ついてなんかない！　今日一緒に来なかったのは、大事な打ち合わせがあったから……。何でいつまでも彼を悪く言うの？　どうすれば彼を認めてくれるの？　お金を稼ぐことが彼の夢なんだから、やっとその夢が叶うのに、なんでもっと喜んでくれないの？」

聡子は少しだけ声を荒らげてしまった。

「夢か……。夢な。お前もあんな男とくっつくから、金に翻弄される人生を何とも思わなくなったのか⁉　金を稼いだら、その後はどうするんだ。金のために子供まであきらめてたんだろう？」

聡子は実家に帰るたびに両親の口から出てくる子供の話には辟易していた。生活が苦しかったことも子供を作らない理由の一つではあったが、聡子自身母になることへの願望が強い方ではなかった。高齢出産手前まで、夫婦の時間を楽しみたいという思いの方が強かったのだ。孫の誕生を楽しみにしている両親には申し訳なかったが、子作りのために結婚したわけではないと常に反発してきた。聡子は今更子供の話を蒸し返したくないと思い、そのことには触れずに言い返した。

「お金を稼いだ後のことはそれから考えればいいんじゃない？　お金があれば、何でも手に入れられるじゃない」

「お前たちを見てると、世の中は金が全てなのかと思えてきて情けないよ」

父は寂しそうに、コップに入った焼酎を一気に飲み干した。

「お父さん、そんな飲み方しないで。体に悪いから。聡子も意地にならないで」

母が二人の間に挟まれて、困り顔をのぞかせた。一気に酔いがまわったのだろうか、顔を赤らめた父が母の言葉を無視して、話し始めた。

「聡子、父さんがなんでお前にニラ豚を食わすのか、その理由を考えたことがあるのか？　わからんだろうな、今のお前には……」

聡子は、呆れていた。毎回実家で食べさせられるニラ豚に何の理由があるのか？

「何それ？　お父さんが作れる料理がこれしかないからなんじゃないの？」

少し言い過ぎたかと、一瞬後悔した。しかし父は聡子のキツイ物言いには反応を見せず、しみじみと語り始めた。

「世の中は、お金が全てじゃないんだよ。ニラが百円。豚肉が二百円。三百円でできる御馳走だ。三百円でも人の心を和ませて、満足させてくれるってことなんだ。美味いものを食べた時の笑顔は、同じだろ？　何万もする料理を食べれば、満足感が違うのか？　笑顔が違うのか？　同じなんだよ。金があっても幸せとは限らん。金がなくても不幸せとは限らないんだ」

父が言わんとすることは充分に理解できたが、聡子はもう意地になっていた。母にたしなめられても、もう後戻りができない。

「三万円のコース料理とニラ豚は比べられない。そんなのナンセンス！　お金をかければ満足度は上がるに決まってる。生涯稼げる金額が決まっている公務員のお父さんとはいくら話をしても無駄よ」

「父さんにはあの男の仕事は理解できん。M&Aなどと聞こえはいいが、所詮人の会社に土足で踏み入るようなもんだろう。投資だってそうだ。博打じゃないのか？　父さんの考えが古いのかもしれんが、お金なんてものは汗水垂らして稼ぐものだろう。

一瞬にして何千万も、何億も手にできる仕事は信用できない。父さんにあの男のように大きな金は手にできないが、それを必要とも思わない。金は人の本質を炙り出す代物だ。恐ろしいとは思わないか？」

「買収も投資も立派な仕事よ。お金がないと心が貧しくなる。その方がずっと恐いんじゃないの？」

「そうか……。お前はお金さえあれば、幸せだと思ってるんだな。世の中は全て金なのか……」

聡子が父の言葉に更に言い返そうとしたが、母が聡子の腕をつかみ、それを制した。父はまた、焼酎を飲み干し、言葉を繋いだ。

「まあ、金を持ってみればいい。そうすればわかるさ。何が幸せなのか……。父さんは風呂に入るから、母さんとゆっくり話でもしていけばいい」

そういって立ち上がった父は、突然「うっ！」と一言呻き声をあげ、その場に倒れこんだ。聡子はうろたえる母をなだめながら、ひたすら冷静を装い、救急車が到着するのを待った。意識がなくなった父は、その場で眠っているようにも見えた。苦しそうな表情もしていない。聡子は母と一緒に父の傍に寄り添い、一言の言葉も発することもなく、静かに父の顔を見つめていた。救急隊員が到着してからは、急に慌ただしくなり、そのまま救急車に乗り込み病院へと向かった。車の中ではまだ息をしていた父だったが、手術室から生きて戻ることはなく、そのまま帰らぬ人となってしまった。死因は、くも膜下出血だった。

封印されていた父との記憶を辿りながら、聡子の箸は止まり、涙が溢れ出た。気づけばいつの間にか天国が戻ってきていた。聡子は正面に座っている天国に涙声で話し始めた。

「結婚してから二十年近く、一度も父を安心させられなかったんです。それは父の反対を押し切って、破天荒な夫を選んでしまった私の責任なんです。やっと安心させられると思ったら、父は死んでしまった。父との最後の会話が争いごとで終わってしまったことが、ずっと私の中でわだかまりとして残っていたんですね。苦しいと思うほどの思い出ではないと、自分に言い聞かせていただけかもしれません」

天国は何も返してこない。聡子は続けた。

「父が亡くなって五年。その間に夫とは別れました。事業に成功した夫は、人が変わったように贅沢を好むようになって、女性関係も派手になっていったんです。結婚してからずっと、まともに生活費も稼げない夫を支えて、私はお金の心配ばかりしていました。だから両親の前でもお金の話しかしていなかったのだと思います。そして、やっと成功したら私には関心を示さなくなり、稼いだお金は外の女性に……。私にとって許しがたい裏切りでした。私は一体、夫の何を信じていたのかと悔しくてたまりませんでした。

父には最初から見えていたのかもしれません。成功した後の夫の姿が……。だから一度も夫を認めたことがなかったんです。でも私は、そんな父を疎ましく思っていました。父が感じていた夫への不信感を私がきちんと受け止めていれば、私ももう少し早く、夫の本当の姿に気づいていたかもしれません。結局、お金に翻弄されていた自分の愚かさが分かっていなかったことが悔しくて……。最後の夜に父が私に言わんとしていたことは、理解できていました。なのに、意地になってしまった自分が情けなくて、謝りたくても謝れなくて……」

聡子は一気に話し終えると、今度は声を上げて泣いた。それから数分ほど経っただろうか。まだ日暮れでもないのに、天国越しに見えていた窓の景色が薄暗くなり始めた。そして窓の外の木々が左右に倒れるようなしなりを見せ、真ん中から温かなオレンジ色の光が差し込んできた。聡子は、その光景に目を奪われている。

その光とともに、聡子の父親が姿を現した。ゆっくりとその体は聡子に近づいてきて、天国の隣で立ち止まった。そして、天国に軽く会釈をしている。聡子はただただ目を見張り、その光景を凝視していた。聡子の膝は小刻みに震えていたが、体は椅子に縛り付けられたような金縛り状態で、自分の意志で動かすことができない状況なのが何となく理解できた。それでも不思議と恐怖心は感じていなかった。温かな光が心地よく、にわかに信じがたい現実離れした現象を目の当たりにしても、まだ夢の中の出来事だと思っていた。しかし、そんな聡子の考えを現実に引き戻すように天国が優しい声で話しかけた。

「野上様、あまり時間がありません。お父様に今の気持ちをお話しください。お父様に触れていただくことはできませんが、野上様の声はお父様に聞こえていますから、会話はできます」

これは現実なのかと混乱しそうだったが、何故か聡子の心は穏やかだった。そして軽く頷くと、改めて父の顔を懐かしく思いながら見つめ、ゆっくりと口を開いた。

「お父さん、ごめんなさい。三百円の〝ニラ豚〟が私にとって一番美味しいものだってこと、ずっとわかってたから……。お金よりも大切なもの、ちゃんとわかったから……」

「そうか。父さんも悪かったよ。まわりくどいことをしないで、ちゃんとお前に話せば良かったんだよ。お前が気にすることじゃないんだ。お前が選んだ男を好きになるよう、努力できなかったのは悪かった」

「もういいの。お父さん。あの人は、お父さんが思っていた通りの人だった……。私は本当に男を見る目がなかった。お金持ちになっても、ちっとも幸せじゃなかったのよ。むしろお金がなかった時の方が幸せだったと思う」

聡子は、父と母が亡くなった後に離婚をしてしまったことを父に告げた。

「結局そんなことになったのか。残念だったが、良かったのかもしれん。信頼関係がなくなってしまって夫婦でいるのは、お互いが不幸なだけだ」

「子供もいなかったから、早く決断できたのかもしれない」

「でもな、あいつも根っからの悪人じゃない。それはお前もわかってるんだろう？縁がなかっただけなんだよ。人を恨むな。恨めば、その恨みが自分に返ってきてしまう」

「うん。わかってる」

父親が優しい笑顔で頷いている。

「それで、今はどうしてる？　寂しくないのか？」

「……一人になるのが怖かったけど、寂しいけど……幸せだから」

聡子の目から涙が止まらない。父の目にも涙が光っていた。

「聡子。辛かったなぁ。頑張ったなぁ。でも、自分で決めたんだからいいんだよ。あの男が死ぬまでに何が間違っていたのかを気づくかどうかはわからんが、神様はさほど不公平でもないからな。もう後ろを振り返るな。過去に縛られずに、前だけを見て歩けばいい。お前は一人じゃない。父さんも母さんもお前を見てるから。父さんは聡子のことが大好きだ。お前がこうやって父さんを覚えてくれている。それだけで充分だ」

「お父さん！」

「会えて良かったよ。今日からは、毎日〝ニラ豚〟を食べろ！　金なんてものに振り回されるんじゃない」

満面の笑みでそう言うと、父の体は金色の光に変わり、細かな粒子となって聡子の前から姿を消した。そしてその光の粒は、窓をすり抜け、目の前の森の中へと消えていってしまった。

聡子は茫然と光の行く先を見つめた。光が消えると自然に金縛りは解かれて体が軽くなり、心の中にあった重苦しいわだかまりもなくなっていた。聡子は再び残りの料理に箸を伸ばし、その味を噛みしめるように完食した。天国は、聡子が食べ終わるまでじっとその様子を見守った。

「ごちそうさまでした」

聡子は箸を置き、天国に頭を下げた。

「お父様との素敵な時間を過ごせたでしょうか?」

「ええ。久々にニラ豚を食べて、色んなことを思い出して、何だか心が軽くなりました。父はこれからの私を見守ってくれると思います。今日から父に会いたくなったら、この料理を食べます」

聡子には、父親と再会した光景も交わした会話の記憶も残っていなかった。それがこのごはん屋のルールの一つ。料理を食べ終わると故人と再会したという現実離れした出来事の記憶は一切残らないかわりに、故人との思い出の中で後悔していたことが消え去る。そして美しい思い出だけが訪れた客の脳裏に刻まれる。思い出の料理の味とともに。

聡子は、店を訪れるまで心の中に抱いていた天国への好奇心のことなどすっかり忘れ、深々と頭を下げると、爽快な気分で家路を急いだ。

次の日の朝、聡子の身に更に不思議な現象が起きた。目覚めた時、ニラ豚を食べたことと天国シェフに会ったことは覚えていたが、どこに行って食べたのかがどうしても思い出せなかった。昨日使っていたバッグの中にレンタカー屋の領収書を見つけ、電話を入れてみた。確かにレンタカーを使用したようだったが、車のナビには履歴が何も残っていなかった。更に、天国の店から届いた予約メールもＰＣから消えてなくなっていた。

今日もまた、一人の〝おもてなし〟が終わり、天国にとって十人目の客の記憶が浄化された。

第二話　煮込まないカレー

「ママ！　今日遅いの？」

制服のジャケットを羽織りながら、娘の香奈《かな》が足早に玄関に向かった。そして玄関の壁にかけてある鏡を覗き込みながら、髪型をチェックしている。

「香奈の塾終わりよりは早い」

「遅いのか。じゃあ今晩はいつものカレーだな」

「するどいねー。さすが！」

「冷蔵庫在庫処分でしょ？　そろそろ」

「香奈が帰る時間に温かいご飯で出迎えるには、いつものカレーがベストだね」

「よく言うよ！　じゃあね、いくわ」

鏡を見つめながら髪型を気にしていた中学生の娘は、肩までの髪の毛を今日は後ろで束ねて出かけることにしたようだ。

母と娘の何気ない朝の光景を思い出しながら、土浦《つちうら》深雪《みゆき》は真っ暗な部屋の中で泣いていた。夜という訳ではない。外は快晴の天気で、家族連れがこぞってピクニックにでも出かけそうな陽気だったが、深雪にはもうそんな幸せな時間は訪れない。香奈が目の前から消え去ってしまってからそろそろ一年が経とうとしているが、その間、ずっと家に引きこもっている。

突然、ドアのチャイムが鳴った。宅配便の予定はない。何かの勧誘だろうか。応対も億劫でしばらく無視を決め込んでいたが、チャイムはしつこく鳴り響く。四回目のチャイムの音とともに、ゆっくりとベッドから起き上がり、インターホンまで歩いた。ドアの外に姉の美夏《みか》の姿が映っている。深雪はため息を一つ漏らし、ドアのロックを解除した。

美夏は、両手に大きな荷物を持って部屋の中に入ってくると、ダイニングテーブルの上に荷物を置き、少し強い語調で話しかけてきた。

「深雪、いい加減に立ち直らないと。これ、お母さんから総菜。冷蔵と冷凍ものが入ってるから、振り分けとくね」

美夏が妹の返答を待たずに、持ってきた総菜を手際よく冷蔵庫に片づけていく。そんな姉の姿を眺めながら、ダイニングの方にゆっくりと歩み寄る深雪の目から涙が零れ落ちた。そしてその場に座りこんで泣き出した。美夏は大きくため息をついて、深雪の傍に駆け寄った。

「香奈ちゃんのことは、私もあんたにかける言葉が見つからない。でも、いつまでこんな生活を続けるつもり？　彼此一年になるのよ。会社は大丈夫なの？」

「休職届けを出したまま……。わかんない」

深雪が小さな声で答えた。

「あんたは生きてるのよ！　生きなきゃいけないんだよ！」

「生きなきゃいけないの？　もう何もしたくない……。こんなことなら産まなきゃ良かったんだ……」

「深雪！　しっかりしなさい。あんたが十八であの娘を産むって言いだした時、シングルマザーになるって言いだした時、私たち家族が崩壊しそうなほど揉めたのを覚えてる？　それでもあんたは必死でお父さんとお母さんを説得して、十五年頑張ってきたんだよね。そんなあんたから神様は香奈を奪ってしまったけど、あんたが頑張ってきた事実は消えないし、変わらない。香奈だって、こんなあんたを見たくないって思ってるから」

姉の言葉を聞きながら顔をぐちゃぐちゃに崩し、姉の胸に顔を埋めてただただ泣いた。時折背中を叩かれる感触で少しずつ落ち着きを取り戻そうとしながら。

深雪が十八歳の春。高校を卒業して間もない頃、同級生の卓也《たくや》と付き合っていた。彼が地方の大学に進学することになり、遠距離恋愛を目前に控え、何とか卓也の気持ちを繋ごうと必死だった。彼は深雪にとって、初めて真剣に付き合った相手だった。若気のいたりだったのか、彼の心を繋ぎとめるためなら何でもできるとのめり込んでいた。大学に通い始めて数カ月が経った頃、深雪は体の変化に気づき、妊娠を確信する。卓也との遠距離は順調に続いているように思えていたが、深雪の妊娠を機に彼の態度が一気に変わった。

【卓也、今度はいつ会える？　忙しい？】深雪は彼にＬＩＮＥを送った。すぐに既読がつかないので、一瞬電話をかけてみようかと迷ったが、しばらく反応を待つと決め込んだ。卓也から返信があったのは、それから半日近く経ってからだった。

［うーん。課題が忙しくてさ、ちょっと無理かも］

深雪は返信を眺めながら、表情を曇らせ小さくため息をついた。以前なら、今は無理だけどいつならといった内容が返ってきていたが、やはり卓也は変わった。

【ごめん。会いたくないのは、わかる。だけど話さなきゃ。会える日を作って！】

今度はすぐに既読を確認できたが、返信がなかった。卓也も迷っているのだろう。それでも一度は会って、顔を見て、卓也の本心を知っておかなければ前に進めないと深雪は思っていた。


そして数時間後、卓也は会える日を指定してきた。関西から東京の深雪のもとにやってくるという。深雪は何となく、卓也との最後の会話になりそうな予感がしていた。

その週末、深雪が一人暮らしをしているアパートに卓也が訪ねてきた。久々に会う二人だったが、これまでのように笑顔を交わして愛を深めることなどなかった。ただただ気まずい空気が流れる中、部屋のソファに座って俯いていた卓也が意を決したように顔を上げ、深雪の目を凝視しながら口を開いた。

「ごめん。もう無理だわ……。子供、おろしてほしい」

卓也が何を言い出すのか、深雪はわかっていた。決して明るい未来の話ではないと想像できていた。だが、いざ卓也の口から現実を否定する言葉を突き付けられるのは辛かった。

「いつかは、家族になって一緒に暮らそうって言ってたよね？　少し早くなっただけなんじゃないの？」

深雪は無駄な抵抗とわかりながらも卓也に気持ちをぶつけたかった。

「だから、無理だってわかったんだ。深雪のこと、そこまで考えてなかったのかもしれない。父親になるとか、無理だから」

卓也の語気が荒くなった。卓也が現実から逃げ腰になっている姿を目の当たりにして、一気に彼への思いが冷めていくのがわかった。結局これまで彼の言いなりになって、自分を辛い状況に追い込んでしまったことに深雪は初めて気づいた。都合の良い女に成り下がってしまっていたのだ。彼には深雪との未来など描けていない。ただ若さ故の性欲を満たしていたにすぎなかった。

こうして深雪の体にもう一つの命を残したまま、二人の関係は加速度的に終わりを告げた。

それから数カ月、一度は中絶を考えたこともあったが、自分の体に命が宿っていると思うと、その命を絶つことへの勇気がなかった。再び病院に行った時には妊娠五カ月を過ぎていた。そして自分の体の中で生きている心音を聞いた時、父親が誰であろうとこの子は自分の子供だという確信が深雪の心に強く刻まれた。両親や姉の抵抗は半端なものではなかったが、深雪は譲らず、卓也には出産の事実を告げず、母になった。

猛反対していた両親は、深雪のお腹がせり出してくると徐々に態度を変化させ、孫の誕生を楽しみにするようになっていた。そして両親の援助もあり、深雪は出産後も大学を続け、無事に卒業を果たした。その後ＩＴ系の会社に就職をしてからは、親元を離れて三歳になる娘と暮らし始めた。育児と仕事の両立は決して楽ではなかった。恋愛や趣味を楽しめる二十代を、深雪は一心不乱に働いた。シングルマザーだということを多少負い目に感じていた深雪は、決して弱音を吐くことはなかった。周囲の独身の同期に劣らないようにと必死で上司の要求に応え続け、徐々にその仕事ぶりが評価され、三十歳を目前に控えた春には課長にまで出世した。職場の男性や、取引先の男性から私的に声を掛けられることも少なくはなかったが、香奈と名付けた娘の成長だけが、深雪の支えであり、楽しみだった。

そんな娘が小学校低学年の頃は一番辛かった。深雪が暮らす地域では小学校に入学するまでは、延長保育を使えば夜の十九時頃まで保育園で預かってもらえていたが、小学生になると学童クラブを利用しても十八時が限界だった。働く母にとってこの一時間の差は大きい。東京郊外に住む両親や姉も「いつでも預かるよ」と協力的ではあったが、社会人になってからは何とか自分で解決しようと頑張っていた。

会社の会議は何故か夕方から始まることが多く、いつも深雪をハラハラさせた。男女平等というのなら、少しは家事を担う女性の事情も考えてほしいといつも不満を抱えていた。

その日も朝から男性上司が十八時から会議と言い出した。会議に出席せねばならない社員の中で小さい子供がいるのは深雪だけ。いつもの裏技を使うしかないかと、ため息をついていると、

「土浦さん、娘、どうするの？　連れてくる？」

深雪と同じ働く母の同僚が、心配そうに声をかけてきた。

「それしかない！　後で外に出たついでに連れてくるわ」

「夕方からの会議が一番辛いよね。うちもダンナがお迎えに行けない時は青ざめるから」

保育園を利用している同僚がいたく同情してくれる。

「でも、どこで待たせるの？」

「差し入れいれて、警備のおじさんに頼みこむわ！」

深雪は午後からの営業先の帰りにこっそり学童クラブに立ち寄り、少し早めに娘を迎えるとそのまま会社に戻り、警備室へ駆け込んだ。

「佐々木さん、またまた本当に申し訳ないです。一時間で終わると思うので、お願いします」

警備の佐々木さんが好物の和菓子を差し出しながら、深雪は頭を下げた。

「ご苦労だね。そんなに気にしなくて大丈夫だよ。香奈ちゃんはお利口だから、いつも勉強しながら待ってるんだよな」

警備員は香奈を椅子に座らせ、優しい笑顔で見つめている。

「佐々木さんがいなかったら、私、とっくにクビになってるわ」

「大袈裟な。香奈ちゃんは、うちの孫とおんなじぐらいだから、私も楽しませてもらってるからさ」

深雪は、深々と頭を下げ、急いで会議室へと向かった。

会議が始まると時計とにらめっこをしながら、早く終われとひたすら祈り続けた。

そして予想より早く五十分ほどで会議は終わってくれた。十九時になるまでに会社を出られたのはラッキーだと思いながら、深雪は香奈の手を引いて、地下鉄へと乗り込んだ。帰宅ラッシュの時間からは少しずれているとはいうものの、車内は乗客同士の体が触れ合うほどの混雑ぶりだった。深雪は香奈の手を強く握り、もう片方の香奈の手はドア横の手すりを摑ませた。そして香奈の背中からランドセルを降ろし、頭の上の荷物棚に上げる。香奈が少し眠そうな顔をしている。

「香奈、どうした？　眠い？」

香奈が小さく頷いた。まだ二十分は電車の中だ。深雪は覚悟を決め、力を振り絞って香奈を抱きあげた。扉横にある僅かな壁面に香奈の背中を押し付けるようにして何とか姿勢を保った。香奈が深雪の肩に頭をもたげたまま、じっとしている。しばらくして、深雪の耳元で香奈が話しかけてきた。

「ママ、ごめんね。重い？　でも香奈、お腹がすいてるから、いつもより軽いよ」

思わず深雪の顔から笑みがこぼれた。

「ちょっと軽いなぁって思った。ごはん何にしようかな。何が食べたい？」

「カレー」

「カレー好きだねー」

「お肉いっぱいのカレー」

「はいはい！　いっぱいのカレーにしようね」

深雪の答えを聞いてからしばらくして安心したのか、香奈の寝息が聞こえてきた。体が急に重くなったように感じたが、その重みに娘の成長を感じた。


カレーが大好きな香奈が一度だけカレーのことで文句を言ってきたことがあった。小学校四年の時、久々に仕事が休みの平日に、カレーを作って香奈の帰りを待っていた。

「ただいま」

香奈の元気な声が玄関に響く。

「えー。今日、カレー？」

部屋中に充満していた匂いですぐに晩御飯のメニューがばれている。

「香奈の好きなお肉いっぱいのカレーだよ」

香奈が少し怒った表情で台所に入ってきた。

「ママ、今日の給食のメニュー、見てないの？」

深雪は一瞬、しまった！と思った。

「昼……、カレーだったっけ？」

苦笑しながら誤魔化そうとした。

「そう！」

「ごめん！　でも香奈はカレー大好きだから、大丈夫でしょ？　許して！」

深雪は香奈に向かって両手を合わせて、詫びてみせた。

「ママのはカレーだけど、カレーじゃないから」

かなりご機嫌が斜めのようだ。嫌味ととれる言い方で返してきた。

「ママのもカレーです！」

負けじと応戦したが香奈も食い下がる。

「ドロドロしたおつゆがないからニセモノ！　私、ずっと給食でカレーを食べるまで本当のカレーがドロドロしてるスープみたいだって、知らなかったんだから」

深雪がいつも家で作るカレーは、ひき肉と材料を全てみじん切りにして作るキーマカレー風のものだった。忙しいと煮込む時間がなく、それでもカレーを食べたがる娘に短時間で作れるよう、深雪なりに工夫したレシピだった。このカレーに慣れてしまうと残った後のアレンジも楽で、通常のカレーを作ったことがなかった。

「別にニセモノじゃないよ」

苦笑しながら深雪はどうやって香奈をなだめようかと思案した。

「お肉と野菜がいっぱい入ってるし、ご飯に混ぜて次の日にチャーハンみたいにしても美味しいじゃない？　餃子の皮に包んで揚げるのも好きでしょ？」

「でもカレーじゃないじゃん。お肉いっぱいって、ひき肉で……お肉がツブツブで小さいし……」

香奈の口元が曲がっている。妙に絡んでくる娘を段々腹立たしく思えてきた深雪は子供相手に本気で怒り出した。

「じゃあ、今までのママのカレーは一ミリも美味しくなかった？」

香奈が眉間に皺を寄せながら、嫌な顔をのぞかせている。

「じゃあ香奈はドロドロしたカレーが食べたいの？」

たたみかけるように深雪が香奈に言い寄る。大人げないかなぁと深雪も思い始めていたが、その時、香奈が予想外の答えを返してきた。

「ママは忙しいから、ドロドロしたカレーが作れないんでしょ？　家庭科で作ったけど、ママのカレーはいつも十分で出来てたけど、ドロドロカレーは、四十分はかかった。ママのカレーがなんでドロドロしてないのか、香奈は知ってる」

子供の洞察力はあなどれない。深雪が感心していると、香奈は続けた。

「でも今日は仕事が休みなのに、ニセモノカレーなんだよね。手抜きじゃん」

深雪はその時、初めて気づいた。香奈はいつものカレーが好きだったわけではなく、母親の事情を汲み取って、何も言わずに食べてくれていたのだ。

「ごめんね。冷蔵庫の中がもったいない状況だったから、いつものカレーにしちゃった。他のもの作ろうか？」

「別にいい。それ食べる」

香奈も言い過ぎたと思ったのだろうか、黙って食べ始めた。それ以来、カレーで娘と言い争ったことはなく、我が家のカレーはずっと煮込まないカレーだった。香奈が家のカレーを手抜きと言ったのもその時が最後だった。

今から思えば、小学生にしては物分かりの良い子だった。何故うちには父親がいないのか、子供心に不思議に思った時期もあっただろうに尋ねられたこともなかった。いつも母親に負担をかけないように気遣ってくれていたのだろう。駄々をこねることもなかったし、大きなおねだりをすることもなかった。そんな良い子すぎる香奈を少し心配していた。子供ながらにストレスを抱えて、実は苦しんでいるんじゃないか。だから香奈が中学に進学した時、深雪は心のどこかで反抗期を期待していた。しかし、その期待もむなしく香奈は物分かりのいい娘のまま中学三年を迎えた。そして、いつの間にか深雪にとって香奈は唯一無二の味方であり、心を許せる親友のような存在になっていた。

香奈が十五歳になった年だった。相変わらずの忙しい毎日に追われ、自分の誕生日もすっかり忘れていた深雪に香奈がにやけた顔で話しかけてきた。

「ママー、おめでと！　三十三ですかー？」

「えっ、今日……誕生日かあ！」

朝のコーヒーを片手に深雪は驚いた。

「もう三十過ぎてるから、そろそろ忘れたいよねー。おばさんだもんねー」

香奈がからかっている。

「まだまだイケてますー」

二人は目を合わせて笑った。

「今日は、ママは何もしなくてよくて、ご飯は香奈が作るね」

「え！　マジ？　やったー」

「マジマジ」

「何作ってくれるの？」

「本格カレーを作りたいと思います！　どう？　ちょっと嫌味？」

香奈が笑っている。すっかり成長して、対等に話してくる娘の様子に目を細め、その小さな幸せをただ噛みしめていた。

「ママ、何時頃帰る？」

「できるだけ急ぐけど、二十時頃かな」

「OK！　本物カレーといえばじゃがいもだから、学校の帰りにそれだけ買って帰るね」

「今日、塾は休みだっけ？」

「そう。だから煮込む時間はギリギリありそうじゃん！」

「帰りは気をつけて」


その日、深雪は香奈との約束の時間より一時間も早い十九時頃に、急ぎ足で家に帰りついた。だが家には人気《ひとけ》がなく、電気も点いていなかった。部屋の中に入り明かりをつけたが、香奈が家に帰った形跡がない。どうしたんだろうと不審に感じ始めた時、突然香奈からの電話が鳴った。慌てて携帯を取り、応対する。

「香奈、どうしたの？　今帰り道？」

矢継ぎ早に質問責めにしてしまった。しかし、電話の向こうから聞こえてきたのは、冷静な男性の声だった。

『土浦香奈さんのお母さんですか？　警察のものです』

深雪の体が一瞬にして、強張った。香奈に何があったのか。

「はい。母です。香奈に何かあったんでしょうか？」

深雪の声は震えていた。

『事故に遭われて、今病院です。状態がよくありません。すぐに病院にお越しください』

深雪は、警察の説明の途中でその場に座り込んでしまった。少しの間、放心状態だったが、何とか立ち上がり、警察から言われた病院までタクシーで向かった。

深雪が病院に到着した頃、香奈はまだ手術室だった。電話の向こう側で話をした警官だろうか。深雪の元に近づいてきて事故の経緯を淡々と説明してくれた。家の近くのスーパーで買い物を終えた香奈が店の駐車場を抜けて公道に出ようとした時、スピードを出した一台の乗用車が後ろから突っ込んできたということだった。原因は、運転者の操作ミスで、ギアを入れ間違ったために起こった事故という説明だった。深雪は無言で警官の言葉を聞いていたが、その場に立っているのがやっとの状態だった。

警官が話し終わり、「お母さん大丈夫ですか?」と気遣いを見せた瞬間、その場に崩れ落ちそうになり、警官に支えられた。警官の手を借り、手術室前の椅子になんとか腰を下ろした深雪の体は小刻みに震えていた。到着から一時間ほど経過しただろうか。手術室の扉が開き、中から医者が出てきた。深雪は医者の元に駆け寄り、懇願するように問いただした。

「先生! 香奈は、香奈は……」

医師が神妙な口調で返す。

「お母さんですか。やれることはやりましたが左側の内臓や臓器の損傷が激しく、非常に厳しい状況です。覚悟をしておいてください」

深雪は医師の言うことを信じたくなかった。茫然とその場に立ち尽くしていると香奈が横たわるベッドが手術室から慌ただしく運び出され、集中治療室へと移動していく。

深雪は何とか力を振り絞り、集中治療室で体中に管を装着した変わり果てた娘と対面した。目の前の光景を現実だと受け止めることができないほど混乱した状況で香奈を見つめた。しばらくしてゆっくりとベッドに近づき、目を閉じている香奈の顔を覗き込んでそっと名前を呼んだ。

「香奈……。聞こえる？　ママよ」

香奈の瞼がかすかに動き、ゆっくりと目が開いた。深雪は、香奈の視線に入りやすいように顔を近づけ、力を振り絞ってもう一度名前を呼ぶ。

「頑張るのよ。大丈夫だから……」

香奈の口元が苦しそうに動いている。深雪はその口元から懸命に声を聞き取ろうとした。

「ママ……。ごめ……ん……ね」

その時、香奈の目から一筋の涙がこぼれ落ち、呼吸が静かに止まった。あまりにも突然であっけない香奈との別れだった。


姉が背中を優しく叩いてくれているのをはっきりと感じてから、どのぐらいの時間が経っただろう。深雪は香奈との思い出を振り返りながら深呼吸を繰り返し、ゆっくりと立ち上がると、姉に支えられたままリビングまで移動し、ソファーに腰を下ろした。

「深雪、お母さんもお父さんも心配してるのよ。一周忌の法要をちゃんとしないと、香奈ちゃんが成仏できないって」

ソファーに座る深雪の正面に座り込み、深雪の膝を優しくなでながら、美夏が言った。

「わかってる。これじゃあダメだって、私もわかってる」

「うん。じゃあ、ちゃんと立ち直ろう。香奈ちゃんとのこと、全部吐き出して、現実を受け入れなきゃ」

深雪は俯いたまま答えた。

「どうすればいい？　どうすれば受け入れられる？　香奈に言いたいことが一杯あったのに、何も言ってあげられてない」

「私の知り合いでお父さんを亡くした人がいてね。数年前に聞いた話なんだけど、亡くなった人との思い出の料理を食べさせてくれるレストランがあるんですって。そこで思い出の料理を食べたらとても気持ちが軽くなったって言ってたの。家にばかり閉じこもってないで、一度外に出て、違う景色の中で香奈ちゃんへの思いを吐き出してきたら？　今もあるかどうか、調べてみようよ」

姉の言うことの意味を深く捉える余裕もなかったが、何かにすがりたい一心で、後日そのレストランを探してみた。姉からの情報を検索ワードにしてＰＣの検索サイトに入力する。

（思い出の料理　天国シェフ　レストラン）

結果が表示され、目的のサイトはすぐに見つかった。予約もできるようだった。

思い出の料理名「煮込まないカレー」
必要な材料「合い挽き肉、ピーマン、たまねぎ、人参、ナス、キャベツ、トマト」
簡単なレシピ「野菜は全てみじん切り。具材を炒めたら、２００ccの水を入れて沸騰させ、市販のカレールーを二片入れてなじませる」
誰との思い出ですか？「娘」

深雪は天国の店にオーダーを入れ、予約を完了させた。

店のルールで一人しか店に入れないということだったが、当日は姉に同行を頼み、店の近くで待ってもらうことにした。

姉妹で遠出をするなど何年ぶりのことだろうか。少なくとも、深雪が子供を持ってからは一度もない。運転は、深雪の体調を気遣い、姉が担当してくれた。目的の店がある山梨までの道中、二人は子供時代や、青春時代の話をしながら気を紛らわせた。東京から神奈川県を抜けるまでの混雑は避けられず、中央道に入る頃には、昔の話題も尽きてしまった。車がスムーズに流れ始めてから山梨の目的地までは、もっぱらこれから向かう「ごはん屋」のシェフ、天国繁の話で盛り上がった。

「天国さんて、昔青山でイタリアンのお店をやってたイケメンでしょ？」

深雪が口火を切った。

「そうそう。当時はＴＶにもよく出てたし、有名だったよね」

「急に消えたんだよね」

「都市伝説的な話まで出てたと思う」

「それで突然、山奥で開業したってことでしょ？」

「なんかミステリアスよね。深雪は顔、覚えてる？」

「何となくだけど……」

「イケメン度が下がってないか、見てきて」

美夏が冗談を言って、笑った。

「ＯＫ！　イケメンにはうるさいから、任せて！」

深雪も久しぶりに笑顔になれた気がした。

「でも、不思議よね。サイトから予約したけど、予約が完了するまで店の場所がわからないとか、普通じゃ考えられないなって思った」

「そうなんだ。それにイタリアンじゃなくて、思い出の料理を再現するってことでしょ？　それも何か、ミステリアスだね」

美夏も納得がいかないような素振りをみせている。

「レシピも書かされたけど、そんなに詳しく書いたわけじゃないのに、質問もこない。どうなってるの？って思ってるけど……」

「でも知り合いの人は、そこに行ったら物凄く心が軽くなったんだって」

「ふーん。何か霊感？」

とりとめのない話が続いていく間に、二人の車は長坂のＩＣを降り、ナビ通りに山の中へと入って行く。

「お姉ちゃん、こんな山の中だから周りに何もないよ。車で待ってるの？　頼めば入れないのかなぁ？」

「一時間ぐらいでしょ？　近くを走って適当な時間に戻ってくるから心配しなくて大丈夫。それよりも楽しんできて」

二人の車は無事にごはん屋の入り口に到着した。深雪は車から降りると来た道を戻る姉を見送った。

深雪は緩やかなスロープを下りて目の前にあるログハウスの玄関を目指す。家の周辺を覆うように生えている木々が鮮やかな赤や黄色といった色を放っていたが、スロープの左側にはラベンダーの花が咲き誇っていた。深雪は植物に詳しいわけではなかったが、紅葉とラベンダーを同時に目にすることに違和感を覚えた。深雪は玄関に到着すると、ベルを鳴らした。緊張しながら扉が開くのを待つ間、自然が作り出す音以外はなく、その静けさは別世界に誘われたような気分だった。どのくらい待っただろう。目の前に、見覚えのある天国シェフが現れた。

「土浦様、お待ちしておりました」

きちんとアイロンがかけられた白いシャツに黒のパンツ、腰から下にひざ丈ぐらいの黒のエプロンを着けている天国は、十年ほど前にＴＶで見ていた雰囲気と全く変わっていなかった。深雪はこれから何が起こるのか少しだけ期待に胸を膨らませながら、奥の部屋へと誘導する天国の背中を眺めていた。やがて部屋に到着すると、真ん中に置いてある大きなテーブル席を勧められ、深雪はテラスを正面にした席に座った。窓からは鮮やかな色に染まった見事な紅葉が見えた。思わず感嘆の声を上げ、天国に話しかけた。

「綺麗ですね。こんな鮮やかな紅葉は初めてかもしれません」

「今は、いい季節です。でももう少し冬が深まってくると、この木々に雪化粧が施されて、それはそれで幻想的な風景が素敵です」

深雪は天国の言葉を聞きながら、窓から見える景色が四季折々で変化するのを想像した。

「お庭の紫の花も見事でした。あれはラベンダーですよね？」

天国が笑顔で頷いた。

「ラベンダーは夏の花だと思っていましたけど……」

天国は笑顔を見せていたが、深雪の質問には答えず話題を変えてきた。

「土浦様、娘さんとの思い出の料理をご指定されていますが、辛い経験をされたのですね。子供に先立たれる親の気持ちは計り知れません。今日は、思い出の料理を召し上がりながら、娘さんとの素敵な思い出を体験していってください」

深雪は我に返り、天国の顔を見た。香奈との思い出を体験するとはどういうことだろう。返す言葉が出てこない。そんな深雪の様子を気にもしていないように天国が言葉を繋ぐ。

「思い出の料理は《煮込まないカレー》ですね」

「はい。あんな簡単なレシピで大丈夫でしょうか？」

深雪が不安そうに訊ねた。

「ご心配には及びません。それでは料理が出来上がるまで、少しお待ちください」

天国は笑顔でそう言うと、奥のキッチンへと姿を消した。深雪はまた緊張を感じ始めていた。手持ち無沙汰で携帯を取り出したが、電波が弱く使えなかった。窓から見える木々が微かに揺れているものの、屋内では風の音も聞こえない。深雪には、奥のキッチンからの音だけが聞こえた。しばらくして、具材を炒める音がして、仄かにカレーの香りが漂ってきた。もうすぐだ。いつも作っていた深雪には、匂いであとどのくらいの時間で出来上がるのかが分かる。香奈がこの世を去ってから一年、カレーの香りは懐かしかった。

「ママ、今日もカレー？」

どこからともなく香奈の声が聞こえてきた。

「たまにはしっかり煮込んだカレー、作ってほしいなぁ」

「本格的に煮込むなら一日かけないと」

「じゃあ、一日かけてよ」

香奈が口を尖らせる。

「いいじゃないの、これだってカレー。同じルーを使うんだから、変わらないよ。忙しいママのカレーは、煮込まないカレー！　煮込んだカレーは給食で！」

「えー」

納得していない香奈を見ながら、私が笑っている。

香奈が小学校五年ぐらいの時だろうか。カレーの匂いとともに、深雪の目の前で繰り広げられているように見える光景が懐かしかった。思わず深雪は笑顔になる。同時にその目に涙が溢れた。

口癖のように忙しいと言っては、簡単に作れるカレーでやり過ごしていた。一度くらいは煮込んだカレーを作ってあげれば良かったのに……。今は後悔しかない。

そして、文章を書くのが大好きだった香奈は、いつも一人で留守番をしながら物語を作っていた。小学生の頃は、お姫様と王子様の物語。かっこいい王子様がお姫様を迎えにくるといったファンタジックな内容が好きだった。仕事から帰ってきた深雪の機嫌を伺いながら、自分が作った物語を得意げに話してくれた。中学になっても香奈の物語には変わらず王子様が登場した。時にはTVの中のイケメンアイドルに夢中になったりして、たわいのない妄想を楽しんでいたようだ。王子様の存在を過大評価していたのは、父親という存在がいない環境で育ったせいなのだろうかと深雪は思っていた。

香奈は深雪に対し、一度も自分の父親のことを聞かなかった。何故家には父親がいないのか？　深雪は聞かれないのをいいことに、その話で香奈ときちんと向き合わなかったことも、今更のように後悔していた。

思いが溢れ、再び深雪の目から涙が零れ落ちた。更に後悔の念は、香奈との最後の日に及ぶ。あの日が私の誕生日でなかったら、香奈がカレーを作るなんて言い出さなかっただろう。じゃがいもを私が買っていれば、香奈は事故に遭わずにすんだのではないか。香奈がいなくなってからずっと心の中で自問自答してきたことがまた深雪の胸を締め付けた。少し息苦しさを感じ始めた時、深雪は鼻先に強いカレーの香りを感じた。それを深く吸い込むと、すーっと体が軽くなり、呼吸が楽になった。ふと顔を上げると、天国が出来上がったカレーを持って、深雪の目の前に立っていた。

「お待たせしました。ご依頼の煮込まないカレーです。ごゆっくりお召し上がりください」

深雪が香奈と一緒に何度も食べてきたカレーだ。スプーンを手に取り、まずはカレーだけをゆっくりと口の中へ運んだ。濃厚なカレールーがひき肉と野菜に絡み合っている。長時間煮込まない調理方法なので、みじん切りにした野菜の食感はちゃんと残っていた。そして最後に舌で仄かな酸味を感じた時、思わず深雪は天国の顔を見上げた。

「何故、隠し味がわかったのですか?」

「ウスターソースのことですか?」

天国の答えに、深雪が静かに頷いた。

「何故でしょう」

天国が微笑んでいる。深雪がレシピに書き込まなかった隠し味を見事に再現していた。おそらく加えている量も全く狂いがないのではないか。深雪がただただ驚いていると、天国の背後がオレンジ色に輝き、急に窓の外から一筋の光が入ってきた。あるはずのない扉が開かれたように見えた。

深雪がその光景に目を見開いていると、光の中からゆっくりと笑顔の香奈が現れ、天国の横に立つ。これは夢だろうか、現実だろうか。深雪は言葉を失い、香奈の姿に見入ってしまう。すると天国が話し始めた。

「香奈さんとお話しください。体には触れられませんが、会話はできます。香奈さんにもお母さんが見えています。後悔していたことを、全部話してあげてください。お料理の香りが持続している間、香奈さんはここにいることができますから」

天国はそう言って笑顔を残し、一旦その場を離れた。

深雪が驚きのあまり言葉を失っていると、香奈が口を開いた。

「ママ、驚かないで。時間がないから話そうよ」

深雪はただただ頷くことしかできない。

「ママ、いつまでも悲しまないで。ママのせいじゃないし」

「ごめんね。ごめんね……」

深雪が精いっぱいの言葉を絞り出す。

「謝らないで。私も、ママも悪くないから」

「うん……。香奈には一杯話さなきゃいけないことがあったのに……」

「わかってる。ママからは見えないけど、私はいつも見えてるよ。だから、私に話しかけて。心で思ってくれれば、聞こえてるから」

「そうなんだ。わかった……。いつも簡単なカレーしか作れなくてごめんね。ママ、楽してたよね」

深雪は苦笑した。

「大丈夫だよ。ママのカレー、本当は大好き。ご飯に混ぜると最高じゃん！」

「香奈はいい子すぎるよ。もっと、思ったことをママにぶつけていいんだよ」

「うん。でも私は働いているママが好き。忙しそうなママはカッコいいから」

「でも何かあったでしょう。こうしてほしいとか。香奈は何にも言わないから……。だからママがいつも聞いてあげれば良かったんだよね」

そう言いながら、また涙が零れ落ちる。

「いい子でいたいと思ってたわけじゃないよ。家に帰ってママがいて、テレビ見て笑ったり、その日のこと話したり、普通のことが楽しかった。小学校の時は、ママの帰りが遅いとちょっとだけ怖かったけど、そんな時はおばあちゃんとかおじいちゃんと話してたりしたから、大丈夫だったし……」

深雪は泣きながら、ただ香奈の話を聞いていた。

「とにかく、ママは香奈にとって最高なんだから！」

「最高なのは、分かってる！」

深雪がやっとの思いで冗談を返す。

「香奈はもっとママに甘えてくれて良かったのに……。ママの方が香奈に助けられてた。一杯助けられてた……」

「へへ。やっと分かった？」

香奈が得意げな表情を見せて笑った。

「でも、ママお疲れさま。うちはママがパパの役目も頑張ってくれてたから大変だったよね。香奈がいれば、大人になってママをもっと助けてあげられたのに……。ごめん」

初めて香奈が父親の話題に触れてきたことに、深雪は少し安堵した。やっと話せる。そう思ったのだ。

「香奈が高校生になったら話すつもりだったの。あなたの父親のこと」

香奈が黙って深雪を見つめている。

「なんで、今まで一度も聞かなかったの？」

「うーん、気にはなったけど、いないものはいないから。言っても仕方ないじゃん。ママが頑張ってるのはわかってたし」

「香奈は大人だね。ママのこと見ててくれてたし、気遣ってくれてたんだ。大したもんだ！」

「それも今頃気付いてる！」

香奈が笑った。

「パパのこと、今度ゆっくり話してあげるけど、これだけは伝えたいの。一緒にいて香奈を見守ることはできなかったけど、素敵な人だったから。ママはパパのことが大好きだったの。パパとママがもう少し大人になっていたら家族になれたかもしれないけど、若すぎて気持ちに余裕がなかったの」

「ふーん。そうなんだ。でもママが好きな人の子供なんだね、香奈は。それを聞けて良かった。私のどこがパパに似てる？」

「顔は似てるよ。目元とか、そっくり。香奈を見ながら、時々パパを思い出してた」

「そうなの？　今度ゆっくり、どうやって出会って、どんな風に恋愛したのかって、教えてね」

「わかった、わかった」

二人は顔を見合わせながら笑った。テーブルに置かれたカレーから湯気が立たなくなり、香りも少し弱くなってきていた。深雪は、目の前の香奈の姿が心なしか薄らいでいくように思い始めていた。香奈も母親との時間が残り少ないことに気づいたのだろうか。少し慌てたように早口で話しかけてきた。

「でもこれからは、また彼氏も作って幸せになって！　ママが幸せでないと、香奈は悲しい」

「わかった。ちゃんと元気で、幸せになるから。いつかママがあなたのところに行くまでママのこと見守ってくれるよね？」

「もちろん！　だから、もう泣かないで。ママが香奈のことを思い出してくれていたら、香奈はずっと近くで笑ってママのこと見てるから」

香奈は最後にそんな言葉を残して光の中に消えていった。香奈の姿が見えなくなってから、深雪はまだ皿に残っているカレーを食べ始めた。かつて香奈と一緒にカレーを食べていた頃を思い出しながら、今も隣に香奈がいるような不思議な感覚を覚えながら完食した。

「ごちそうさまでした」

完食した器に手を合わせると、笑顔の天国が戻ってきた。

「お楽しみいただけましたか？」

「はい！　何故でしょう。香奈がずっと傍にいてくれたような気がして、心が軽くなりました。とても不思議です」

「そうですか。きっと娘さんも一緒に召し上がっていたのではないですか？」

天国が悪戯っぽい笑みを浮かべて、深雪を見つめている。

「そうですね。いつも娘は私の傍にいるのだと思えました。ありがとうございました。ここに来て良かったです」

深雪はそう言うと、天国に深く頭を下げ、店を後にした。店の外では姉の車が深雪を待ってくれていた。姉は色々質問をしてきたが、深雪は自分が作ったカレーと全く同じものが出てきて美味しかったこと、そしてそのカレーを香奈と一緒に食べているような気がしたことを嬉しそうに話した。姉が時折不思議そうな表情を見せたが、深雪はそんなことも気にせずただただ自分の記憶に残っていることを一点の曇りもない笑顔で話した。

　天国は今日も客が帰ると片づけを終え、二階の部屋でノートを開く。右上に108と数字を書き入れ、おもてなしを終えた土浦深雪の記録を書き留めた。子供に先立たれた親の後悔を見守るのは天国にとって、とても体力を消耗するのだが、記憶が浄化された時の達成感は何にもまして心地よいものだった。きっとあの母親は、これから折に触れ、娘に色んなことを語り掛けながら生きていくのだろう。そう考えると、天国も自然と笑顔になれた。

　大切な人を失った悲しみを抱えた人々は、多かれ少なかれその人との思い出に苦しんでいる。その苦しみの殆どは後悔の念だ。こうすれば良かった、ああすれば良かったと架空の想像を抱き、苦しむ。時間を戻すことができないが故に、その苦しみがいつまでも心に残るのだろう。苦しみを抱き続けても現実が変わるわけではないことに気づいているはずなのに。

　天国は記録を書き留めた後、ふと自分の苦しみはいつ終わるのだろうかと思った。このごはん屋を始めてから、彼此十年が経とうとしている。天国にはいつ自分がここに来たのかの記憶がない。気づいたらこの家にいて、ただ窓からの景色を見ながら何年も生きていたような記憶だけがある。そして、あの不思議な日を境に、天国のおもてなしが始まったのだ。

今日、天国にとって百八人目の客の記憶が浄化された。

桜坂神《さくらざかじん》、これが彼の源氏名だ。「じん」という呼び名は本名だったが、漢字では「仁」と書く。高校卒業と同時に九州の実家を家出同然に飛び出し、憧れていた東京の街で二年程アルバイトをしながら食いつないでいたが、何とか貧乏から抜け出そうと二十一歳の夏に新宿歌舞伎町に足を踏み入れた。有名店として知られるホストクラブで働くようになってからは、並外れた容姿と根性で一気に客を付け、ジンが二十四歳の冬には店での売上がナンバーワンにまで上り詰めていた。

「ジン、今日は由美《ゆみ》ちゃん？　それとも渚《なぎさ》ちゃん？」

開店前の店で、いつもより早い時間に出勤してきた同僚のアキラが声をかけてきた。

「いい客持ってて羨ましいよ。トータルでいくら貢がせてんの？」

アキラがジンの肩に手を掛け、親し気に絡んでくる。

「やめろよ。別に強制してねえし。勝手に金使ってくれてるだけ」

ジンが面倒臭そうにアキラをあしらう。

「さすがだね。お前いっそ、名前、サクラザカミにすれば。俺は一生お前の下僕となっておこぼれもらうわ！」

ジンは執拗にからかってくるアキラを半ば無視しながら、目的もなく携帯を眺めていると、店のオーナー、上浦《かみうら》が二人に近づいてきた。

「二人とも早いじゃないか。気合入ってるね。ジン、今日も期待してるからな」

上浦は、ジンの肩を軽く叩き、爽快な笑顔を残して去っていった。上浦の背中を見つめながら、ジンは未来の自分を想像した。この世界で極めるなら、経営者にならなければ。もっともっと上り詰めて、いつかは自分の店を持ってやる。ジンが好きでもない水商売に身をおいているのは、ただただ金持ちになりたい、その一心からだった。

ジンの家は子供の頃から貧乏で、いつも母親が生活費の工面に追われていた。父親は証券会社に勤めるサラリーマン。普通に暮らしていれば貧乏なわけがないほど稼ぎはあったが、無類の博打好きでジンが生まれた頃から既に家計は苦しかった。あちこちで借金を作り、ジンが中学校に進学する頃には、多額の借金を返そうと顧客の株を運用していたことが露呈し、父は会社をクビになった。そこからは生活も荒れ、状況は悪くなる一方だった。家に質《たち》の悪い借金とりが乗り込んでくることも頻繁で、二歳違いの弟、海《かい》と一緒に恐い男たちが帰るまでいつも押し入れの中で震えていた記憶があった。父は殆ど家に寄りつかなくなり、たまに帰ってきたかと思えば、母親を殴り、家の中のお金をあさって、また出ていく。ジンが高校に入ると、父と殴り合いの大喧嘩となることもあった。そしていつしか父は二度と家に戻ってこなくなった。

「仁、海、ごめんね」

二人の子供にただただ泣いて詫びる母の姿を見るのもジンには辛かった。

「あんな奴、親でもなんでもねえし。早く別れろ！」

父親の拳で傷ついた唇から流れる血を拭いもせず、泣きながら謝り続ける母に強い口調で怒鳴ってしまったが、決してジンの本心ではなかった。いつもお金のことで揉めている両親を見て育ったせいか、全ては金が原因だという思いだけが強くなっていった。

生活に困窮すると、決まって食事は鍋だった。一見豪華に聞こえるが、母の作る鍋には、具材が二つしか入っていない。白菜と豚肉。しかも豚肉は、弟と二人で一口ずつほどの量しか入っていない。その肉からかろうじて出てくる出汁とゴマ油で白菜を煮込み、最後はその汁をご飯にかけて食べるという代物だった。

高校生にもなると、時に友達の家で夕飯をご馳走になることもあったが、そこで出される鍋は何とも贅沢だった。野菜だけでも数種類あり、更に豆腐とお腹一杯になるほどの肉が出てくる。ジンは、いつか自分が稼げるようになったら、こんな鍋を母親と弟に食べさせてやるんだと心に誓った。

開店前、新人のホストたちは二、三十分前には出勤してくるが、人気ホストともなると客に合わせて出勤してくるホストが多い。しかしジンは必ず開店時間の十九時にはやって来て、自分の客が来るまでは店で客への営業をしたり、時には新人のテーブルで場を盛り上げる役目を担ったりしていた。今日も開店時間ギリギリに出勤した。ホストたちがラウンジに集まり、センターには上浦が立っている。

「今日も素敵な姫たちをいい波乗せっちゃって〜」

上浦のコールとともに、ホストたちの掛け声と拍手が店内に響き、店の営業が始まった。

ジンは自分を指名してくれている主要な女性たちに順次LINEを送る。その中には、アキラが聞いてきた上客の由美と渚も含まれていた。ジンの客は大半がキャバクラや風俗で働く夜の女性たちだった。それはジンがいわゆる普通のOLや昼に働く女性客を避けていることもあった。ホストクラブには代金をツケにできる売掛制度があるが、ジンは自分の客に売掛をさせない。自分を指名してもらい、自分のためにお金を使ってもらわなければ成績を上げることができないのだが、女性たちに無理をさせたくないと思っていた。お金に追われる人生を見てきたジンの優しさだった。カモになるような女性を見つけて、ガッツリ貢がせるやり方もあるが、ジンは決してそれをしない。できる限り多くの女性から指名をもらい、売り上げを積み上げていた。その中でも由美と渚は上客で、どこからお金を作ってくるのか謎だったが、いつも来店するたびに高級シャンパンとして有名なドン・ペリニヨン、通称ドンペリを頼み、派手に遊んでくれる。

【ジンくん、今日は一緒に行きたいっていう友達がいるから、八時ぐらいかなぁ。待っててね♡】

由美からLINEが戻ってきた。渚からは今日は来れないと返信があったが、それ以外に五名から来店の連絡が入った。八時の由美をトップに、閉店の零時までそれなりに忙しい日になりそうだった。

約束どおりの時間に由美が友達を連れて店にやってきた。席に案内された二人が落ち着いたところで、ジンはアキラを連れて席に着いた。

「ジンくん、今日も素敵！　彼女はホストクラブ初体験なの。よろしくね」

由美が隣で緊張している友達を紹介した。

「初体験なの？　僕は桜坂神です。今日は楽しんでいってね」

そういって、ジンは微笑んだ。

「あ、綾香《あやか》です」

はにかんだ女子は、俯きながら小さな声で名前を告げた。

「綾香ちゃんね！　僕は柳アキラ。よろしくね」

アキラが俯いた綾香の顔を下から覗き込むようにして、挨拶した。それから一時間ほどでジンとアキラの軽妙な会話が綾香の心をほぐし、由美と一緒に笑顔を見せ始めていた。

「由美ちゃんって、大学生だったんだ！」

アキラが驚いている。

「そうだよ。キャバはバイト。学校だって真面目に行ってるんだから」

由美が口を尖らせている。

「ジンと遊ぶためにキャバ？」

アキラが突っ込む。

「まあ、それもあるけど。おじさんから色々買ってもらうじゃん。それを売るじゃん。それで好きなお酒を飲むってこと。ちゃんと経済が回ってるでしょ？」

由美があっけらかんと笑っている。ジンは、アキラと話す由美の様子を見ながら、深刻さが微塵もないところが彼女の魅力だなと思っていた。

「綾香ちゃんは、バイトしてるの？」

ジンが訊ねた。

「夜のバイトはしてない。親と同居だから無理なの」

「じゃあ、ホストなんかにハマっちゃだめだよ」

ジンが悪戯っぽく笑った。その笑顔をみて、由美がはしゃいでいる。

「キャー、ヤバい。ジンくん！　その笑顔はダメだよ。ハマれって言ってるようなもんじゃん！」

「僕は由美ちゃんに指名もらってるから、綾香ちゃん、もしハマるんなら、アキラをよろしくね」

冗談のつもりで軽く言ってみたが、綾香の様子を見ながら、二度とここには来るなと心の中で思っていた。それからしばらく四人の楽しい時間が流れ、来店から二時間ほどでお決まりのようにシャンパンが開けられ、店内コールで盛り上がった後、二人は笑顔で帰っていった。


それから一週間ほど経った頃だった。綾香が一人で店に現れたのだ。すぐに気づいたジンが声をかける。

「綾香ちゃん、一人？」

「アキラさんを指名させてもらって。今日は一人で来ました」

綾香が答えていると、横からアキラが割り込んできた。

「サンキュー。待ってたよ。あ、や、か、ちゃん！」

心配に思うジンに構わず、アキラは綾香の手をとり席へと連れていった。ジンはすぐに由美にＬＩＮＥを入れてみた。

【由美ちゃん、今日綾香ちゃんが来店したけど、知ってた？】

すぐには返信がなかった。そのままジンは自分の指名客を迎え、しばらく携帯を見ることができなかった。一人目の客を見送った後、改めて携帯を確認すると、由美からＬＩＮＥに返信があった。

【聞いてる。この間店に行った後、すぐにアキラくんから連絡があったみたいで。綾香は世間知らずだから、ちょっと心配してるんだけど……。アキラくん、大丈夫だよね？　無茶しないよね？】

【僕も気をつけとくよ。無茶はさせないと思うけど】

ここ数カ月、この店のナンバーワンはずっとジンだが、アキラは常に二位か三位を保っている。指名客はさほど多くはないが、太客と呼ばれる多額の金を使う客の人数はアキラの方が多いだろうということはジンも気づいていた。だから一人一人の客からガッツリ貢がせているということになる。同じ店で働くホスト同士でも、一歩外に出れば殆ど付き合いがない。特にジンは、完全に公私を分けていて、店の中では親しく話をしても、プライベートまで付き合う者は誰もいなかった。だからアキラと客の関係など知る術もなかった。ただこの店でジン以外のホストたちは売り掛けを作らせて指名客を増やしている。売り掛けは次の来店への機会を作り、徐々に逃げられないように客を囲いこむことができるからだ。この売り掛けの金額を故意に膨らませて客を風俗に沈めたり、薬漬けにしたりといった営業をする悪徳な店も少なくないが、ジンの店はまだ健全な方だと思っていた。少なくともジンが店に来てから、ホストたちと客との間に大きなトラブルが発生したことはない。だから綾香も大丈夫だと思いたかったが、客とのやりとりは全て個々のホストに委ねられており、店が関与することはない。アキラのやり方を知らない限り、安心とは言えないのだ。

ジンは次の指名客が来店するまで、アキラと綾香の様子を少し離れた場所から窺っていた。綾香が時折はにかむような表情を見せながら、楽しそうに笑っている。そして、遂にアキラのシャンパンコールが店内に響いた。綾香が注文したのだ。ジンは、他のホストたちに交じって、いつも通りの笑顔でコールに参加していたが、何故か綾香のことが心配でたまらなかった。

店内のホストのグラスにシャンパンが注がれ、綾香はアキラの横で笑顔を見せている。やがてアキラの声が店内に響いた。

「なんとなんと 超超 可愛い 素敵な 姫から 愛情 いただきます！」

綾香が帰った後、ジンはこっそりスタッフに確認してみたが、支払いは売り掛けだった。閉店後、ジンは初めて自分からアキラに話し掛けた。

「綾香ちゃんに無理させるなよ」

アキラが不機嫌そうな顔でジンを見た。

「なんで、ナンバーワンが俺の指名の心配をしてるんですかー？」

「由美ちゃんが心配してるから」

「俺は強制してないし」

「あんまり売り掛けさせるなよ。あの娘、夜の仕事してるわけじゃないんだから」

「金持ちのお嬢みたいよ。俺は綾香ちゃんも他の客も一緒。俺を指名してくれれば大事にするし」

ジンはアキラの軽口が気に入らなかったが、それ以上話すこともなく、「頼んだぞ」の意味を込めて軽くアキラの肩を叩いて、その場を立ち去った。

それから三、四回、綾香を店で見かけたが、その度に雰囲気が変わっていくのが分かった。初めて会った時の清純さはなくなり、大胆さだけが際立っていくように感じた。そんな綾香を遠目で見ながら、ジンは面白くなかった。アキラとどういう関係になっているのか。ホストとの恋愛は遊びだということを理解しているのだろうか。来店した綾香は、いつも店内でジンの存在に気づくと気まずそうに会釈をしてきたが、それだけで、言葉を交わすことはなかった。

店の中では他のホストの指名客に親し気に話しかけることはご法度だ。アキラに頼まれるか、アキラが同席している状況でなければ綾香と話をすると面倒なことになる。それでもジンは、綾香のことが気になって仕方なかった。目が合う度に声をかけたい衝動にかられたが、何とか踏みとどまっていた。ジンは、そんな自分に少しだけ腹立たしさを覚えながら、それでも綾香を無視できない自分の感情を持て余していた。

綾香が店に通い出して数カ月が経ったある日、ジンは渋谷の道玄坂にあるホテル街で男性と腕を組んで歩いている彼女を見かけてしまう。男の風貌はチンピラのような柄の悪い男だった。しばらく二人の後ろを気づかれないように尾行していたが、男が綾香から去ると、偶然を装って後ろから駆け寄り声を掛けた。

「あれ、綾香ちゃんじゃない？」

「あ！　ジンさん」

綾香が挙動不審になりながら驚いている。そして、咄嗟に右手をポケットにいれた。嫌な予感がした。

「綾香ちゃん、お茶でも飲まない？　ちょっと話したいんだけど。誰かと約束でもある？」

「少しなら大丈夫」

ジンは道玄坂を離れ、明るい雰囲気のカフェへ綾香を誘った。店内は混雑していたが、何とか窓際のカウンター席を確保し、二人は横並びで座った。

「綾香ちゃん、由美ちゃんも心配してるけど、何か困ってるんじゃない？」

ジンは温かいラテを飲もうとする綾香に、直球の質問を投げてみた。綾香はまた驚いたようにこちらを見ていたが、すぐに俯いて「別に」と小声で答えた。

「立ち入ったこと聞いて悪いんだけど、さっきの男は？　普通の人には見えなかったけど」

「あっ、アキラさんに頼まれて……」

綾香はしどろもどろに嘘をついていた。ジンにはすぐにわかった。

「ごめん。あの男とはどういう関係？」

綾香が黙っている。

「アキラに何をやらされてるの？　その右手見せてくれない？」

ジンはコートのポケットに突っ込まれたままの右手を指さしながら、少しだけ強い口調で綾香を問い詰めた。しばらく俯いたまま黙っていた綾香だったが、ジンの一歩も引かない様子に観念したのだろう。右手をポケットから出し、ジンの顔の前で握りしめていた拳をゆっくりと開いた。そしてジンが手の平に乗ったものを確認したのがわかると再び手を握りしめ、ポケットの中に戻した。

「ヤバいものだよね？」

ジンは咄嗟に綾香が持っているものが覚せい剤だとわかった。

「アキラに頼まれたのか？　何故？　お金のため？」

「私、夜のバイトできないから。これならすぐに稼げるって。受け取って、渡すだけだし……」

ジンは大きくため息をつくと、小声で綾香を諭す。

「それは、犯罪でしょ。取り返しがつかないことになるの、わかってる？　まさか、君は手を出してないよね？」

「私は、やってない！」

綾香が大きく首を横に振り、否定した。ジンは少し安堵したが、アキラがこんなやり方までして金を作らせているということに驚きを隠せなかった。これ以上の危険な真似はしないと思いたかったが、反面このままにしておけば、彼女が薬漬けにされるのも時間の問題かもしれない。

「綾香ちゃん、今手に持っているものをこの後どこで誰に渡すの？　それだけやったら、もう二度と店にも来てはいけない」

ジンは真剣な口調で綾香に言った。綾香は黙っている。

「アキラが好きなのか？　僕たちの恋愛は嘘だって、分かってるだろ？」

「アキラさんは、私だけは違うって……」

綾香が本気でアキラを好きなことが、腹立たしかった。

「酷な話だけど、よく考えて。本気の相手にこんな危ないことさせる？　僕なら店に来させないよ。本当に好きな女ならね」

少しムキになっているジンの言葉に綾香は黙ったままで何も答えない。そして俯いたまま静かに泣き始めてしまった。

「今やめないと、大変なことになる。綾香ちゃんの人生、終わっちゃうよ」

ジンは、彼女のことを放っておけないと思っていた。綾香の涙が落ち着くまで少し時間がかかったが、それまでは黙って見守った。そして、この後どこに行って誰に会わねばならないのかを聞き出した。

それから二人は別々に店を出て、綾香が目的の場所に着くまで、ジンは少し距離を保ちながら後ろを歩いた。綾香は再び道玄坂に戻り、ホテル街の方に入っていく。そして少し先に昼夜を問わず若者たちで賑わっているクラブが見えてきた。その更に五十メートル先で黒の皮ジャンにサングラスをかけた男が路上でたばこをふかしている。ジンは、咄嗟に綾香の目的の相手だと察知し、気づかれないように綾香の真後ろから斜め後ろの位置へとゆっくり移動した。綾香が男の横を通り過ぎる瞬間、綾香の左側のポケットに男が丸めた封筒を入れ、綾香が男の背後に回り込むと後ろ手で右手の中身を男に手渡した。ほんの一瞬の出来事で、何も知らない人には気づかれないだろう。綾香は男をその場に残したまま真っすぐ歩き、映画館の前を通り過ぎてから少し広い通りに出ると、左に曲がって歩を緩めた。ジンは徐々に綾香に追いついていく。そして二人の歩調が揃ったところでジンは手を上げてタクシーを止め、綾香と一緒に乗り込むと渋谷を後にした。

ジンはそのまま綾香を自宅へと連れていき、店には体調不良で休むと連絡を入れた。綾香をこのまま帰すのはまずいだろうと思ったからだった。自分のプライベートの領域を他人に見せるのはこれが初めてだった。自宅は目黒にある2LDKのマンションで、あえて店から離れた場所に住んでいた。目黒は東京でも人気のエリアだが、ジンのマンションはさほど高級ということもなく、トップホストの自宅にしては質素な方だろう。オートロックの玄関を抜けて、部屋に入ると綾香をリビングのソファーに座らせた。少し緊張しているようだった。

「自宅に連れてきてごめん。でもここの方が周りを気にせず話せるでしょ?」

綾香は少し戸惑っているようだった。ジンはそんな綾香の様子を見ながら、苦笑する。

「緊張しなくていいから。僕のプライベートの空間だから、気楽に」

「店とは雰囲気が違うんですね、ジンさん」

「普通でしょ？　ホストは仕事。それ以外の何物でもないから」

ジンは台所からコーヒーを運んだ。

「インスタントだけど。温かいから」

綾香が両手で受け取り、その湯気に鼻先を近づけている。ジンは、自分のコーヒーを片手に綾香の対面に座った。

「綾香ちゃん、店に売り掛け、いくらあるの？」

ジンがいきなり聞いた。

「正直に話して。そうでないと助けられない」

「助けるって……。なんでジンさんが……」

綾香以上に、そんなことを言い出した自分に戸惑っているジンだった。

「由美ちゃんの友達だから……。それもあるけど、借金だらけになっていく人を見たくないんだ」

ジンの正直な気持ちだった。綾香は黙ったまま俯いて答えない。

「このままだとどうなるかわかってる？　売り掛けが減ることはなくて、あっという間に増えるんだ。返すために風俗で働くことになる。それを断れば薬漬けにされてソープで無理矢理働かされる。ホストクラブなんかにハマるんじゃない。君みたいな子が足を踏み入れちゃいけない世界なんだよ」

「アキラくんが私を騙してるの？　私はただ、アキラくんが喜んでくれるから……。トップになったら一緒に暮らそうって言ってくれてるの。風俗には行かせられないって、アキラくんが……。運び屋は危険だけど、私がやるって言ったの……」

ジンはアキラのことが心底腹立たしく思えた。

「ああ、アキラが君を騙してるんだよ。気づけよ。さっきも言ったけど、本気の相手を店に通わせてお金を使わせたりしない。薬の運び屋なんてさせない！」

ジンは真っすぐな思いで綾香にぶつかっていた。綾香が段々ジンの視線を外さないようになってきた。

「どうすれば……。　いきなり店に行かなくなったら、変に思われない？」

「変に思われちゃ嫌なのか？　本気でアキラを好きなら、辛いかもしれないけど忘れるんだ。流されちゃだめだ。どんなことを言ってきても無視するんだよ」

「本当にアキラくんが言ってることは全部嘘なの？」

綾香が泣き声になっている。

「そうだ」

「本当に？」

「確かめたい？」

綾香が小さく頷いた。

「それで諦められるんなら、協力するよ。売掛金の額、わかる？」

「三百万」

思ったよりは、まだ少なかった。

「わかった。じゃあ、アキラにＬＩＮＥして。やりとりしてるでしょ？」

綾香は黙って頷いた。

「親にばれたって。売掛金を払って、もうお店には行けないって連絡いれるんだ」

綾香は迷いながらも、言われたとおりにＬＩＮＥを送った。アキラの本心を知りたいと思ったからだ。アキラがすぐに反応してきたようだった。

「悪いけど、二人のやりとりを見せてもらうよ」

そう言ってジンは綾香の隣に移動し、携帯の画面に視線を落とした。綾香は抵抗しなかった。

〔え！　マジで？〕

【ほんとう】

〔まさか運び屋の件、ばれてないだろうな〕

【ばれてない】

綾香が寂しそうな表情を見せながら返信している。

〔金、持ってくんのか？〕

綾香がジンの顔を見た。ジンは首を横に振る。

【店にはもう行けない】

綾香がそう返信した後、ジンが横から携帯を取り上げると続きを打ち込んだ。

【ママが持っていくって】

しばらくして、アキラから返信が戻ってきた。

〔わかった。あとで電話するわ〕

綾香はアキラの返信を確認すると、いきなりジンに詰め寄った。

「こんなこと言ってどうするの？　親には絶対言えない」

「金は僕が用意する。絶対に内緒だよ。信用できる人に君のお母さんになってもらって店に届けてもらうから」

「えっ⁉　そんなことまで……。私、どうやってジンさんに返せば……」

「出世払いでいいよ。無理しなくていいから。とにかく売掛金を片付けないと、関係を切ることもできないでしょ？」

ジンの言葉に綾香が小さく頷いた。

「アキラくん、電話するって。どうすればいい？」

綾香が完全にジンを頼ってきた。

「何を言われても店に行けないってことだけは言い張って。これ以上親を巻き込むと騒ぎたてられるって言うんだ。多分、アキラならそこで引くよ。面倒くさいの嫌いだから」

綾香は小さくため息をつくと、初めて由美と店に行ってからのことを少しずつジンに話し始めた。

来店した翌日にはアキラから電話があり、一度でいいから自分を指名してほしいと懇願されたのだという。綾香が了承するまでアキラは毎日のように電話をかけ続けたそうだ。その話を聞いて、ジンにはアキラの必死さが伝わってきた。それにしても、こんな素人の子に抜け出せなくなるようなことをさせるなんて、そのやり方にジンは怒っていた。目の前にアキラがいたら、おそらく一発殴っているだろうなと思った。

「綾香ちゃん、鍋でも食べる？　アキラからの電話、何時かわかんないし」

「お鍋ですか？」

「嫌い？　そんな豪華なもんじゃないけど」

「いえ、好きです。いただきます」

綾香が笑顔で答えた。少し吹っ切れてくれたんだろうか。表情が心なしか穏やかになったように思えた。ジンは、台所で冷蔵庫を物色し、白菜を出すと豪快に刻む。鍋の中にゴマ油をひいて豚肉を炒め、刻んだ白菜を入れて水を入れたら蓋をして煮込みだした。綾香はジンのその手際の良さを感心したように見つめていた。

「お料理するんですね」

「これって、料理……かなぁ」

ジンが笑った。

「白菜鍋って命名してんだけどね。貧乏くさい鍋だろ？　白菜と豚肉しか入ってないから」

「ごま油ですよね？　いい香りです。シンプルだから美味しいんじゃないですか？」

「なるほどね。この鍋はさあ、僕にとっては自分を追い込む鍋なんだよ」

「追い込む？」

「そう。うちは貧乏でさ、貧乏だからお金がなくなると、ご飯はいつもこれ。おふくろが作るのは、もっと肉が少なくて、ほぼ白菜」

綾香はジンの話を聞き入った。

「親父はほとんど家にいなかったから、金を工面しながら俺と弟に腹いっぱい食わせたくてこの鍋だったんだよ。最後にご飯を入れて汁と一緒に流し込めば、お腹は膨れるから。そんな貧乏暮らしが嫌で東京に来たんだ。だから、時々この鍋を食べながら、あの時には戻らないって……、自分に喝を入れてるんだ」

「ジンさんのお母さんって温かな方だったんでしょうね」

綾香がしみじみと言った。ジンは実家の話をしてしまったことを後悔した。

「ごめん。君の家はお金持ちだそうだから、わからないよな。こんな話をしても」

「そんなことないです。お金はあっても家族はバラバラです。世間体ばかり気にする親ですし……。家にいると窮屈さを感じることもあります。家族でお鍋なんて、ほとんど経験ないかも……」

綾香もジンに気を許したのか、親への愚痴をこぼしていた。思わず二人は顔を見合わせ、苦笑しあった。

「金があっても色々あるんだな」

ジンがテーブルに出来上がった鍋を置き、器と箸を並べて準備が整うと、改めて綾香に食べようかと声をかけた。それから二人はしばらくの間、会話を交わすこともなく鍋料理を味わっていたが、白菜にごま油と豚の脂が染み込んで柔らかくなった頃、綾香が口を開いた。

「思ったとおり、この油の染みた白菜が最高に美味しい」

ジンは喜んで食べてくれている綾香を見て嬉しかった。それから二人は、時々目が合うとどちらからともなく笑顔になっていた。

しばらくして、綾香の携帯が鳴った。時計は二十時を回った頃だった。アキラからの着信だった。綾香は箸を置き、大きく深呼吸をすると、スピーカーにして電話を受けた。

『綾香、本当にもう店に来れないの？』

アキラの切羽詰まったような声が聞こえてきた。

「ごめんなさい。親にばれたから、もう無理。売掛金のこともばれたから」

『本当にお母さんが払いにくるの？』

「うん。父が行くよりましだと思うんだけど」

『なんで？』

「言ってなかったっけ。うちの父、刑事なの」

この答えには驚いた。

『そうなんだ……。わかったよ。面倒なのは嫌だしな』

綾香が一瞬、曇った表情を見せた。

『代わりにさぁ、友達紹介してよ。いきなり綾香が来なくなると、俺困るんだよね。一緒に暮らすのが遅くなっちゃうじゃん』

「えっ⁉」

『店に来なくても、今のまま綾香とは付き合えるんだろ？』

綾香の心が揺れているように見えた。ジンは見過ごさなかった。二人の電話が終わった後、ジンが訊ねた。

「君のお父さんが刑事って、本当の話？」

「本当」

「アキラも知らなかったんなら、今頃かなり驚いてるんじゃない？」

「うん……」

「刑事の娘が運び屋とか、ヤバすぎるでしょ」

「かなり、ヤバい」

「これでやめられるから、良かったんだよ。今なら引き返せる」

頷く綾香を見ながら、ジンは不安を覚えていた。本当にアキラとの関係を切れるのだろうか。綾香の言葉を鵜呑みにはできないが、信用するしかない。自分には関係ないと分かりつつ、どうも綾香のことになると自分の感情が制御できないことに苛立ちを覚えた。しかし、それ以上追及することもできず、綾香の売り掛けを立て替える手筈のためにLINEを交換し、タクシーを呼んで彼女を自宅まで帰した。

翌日、ジンは金を用意し、いつも面倒を見てもらっている口の堅いクラブの麻美ママに事情を説明して、一役買ってもらった。綾香の売掛金は全額無事に片付けられ、その後店で綾香を見かけることはなかった。

そして数カ月、ジンにはいつもの日常が戻っていたが、由美が店に来ると綾香のことを思い出した。その度に綾香にLINEを送り、近況を訊ねてはいたが、二人のやりとりにアキラの名前が出てくることはなかった。アキラとは変わりなく店で顔を合わせていたが、彼も綾香を話題にはしなかった。

ジンは自分が綾香を本気で好きになっていることを薄々は気づいていた。しかし自分が夜の世界に身を置いて稼いでいる以上、決して関わってはいけない女性だと思っていた。だからジンは自分なりのルールで綾香とは一定の距離をおき、大きく彼女の心に踏み込むことをしなかった。綾香がホストクラブに通わなくなったのだから、アキラとの関係も切れたのだと自分に言い聞かせ、二人に無関心でいようと努めていた。

その日はいつもと変りなく訪れた。店の開店時間の三十分前にジンと他のホストたちが客の準備に忙しくしていると、突然オーナーの上浦が怒鳴りながら店に現れた。

「アキラは、どこだ！　アキラを連れてこい！」

一瞬にして、店内に緊張が走った。

「アキラはまだ出勤してないですが」

ジンが答えた。

上浦がジンを一瞥し、すぐにまた怒鳴った。

「おい、誰か電話しろ！」

ジンが上浦をなだめようと、冷静な口調で事情を聞いた。

「アキラに何かあったんですか？　どうしたんですか？」

上浦はジンの方を見ながら、興奮が冷めやらぬ様子のまま語気を荒らげて答えた。

「やらかしてくれたんだ。店の客に運び屋をやらせて、薬漬けにしたあげく、その娘が今朝渋谷で、死体で見つかったらしい。朝、警察から電話があって、まもなく店にも来るだろう。お前たちにも聞きたいことがあると」

ちょうどその時、遅れてやってきたアキラが、状況を察したのか、その場に崩れ落ちた。顔が青ざめ、ただただ震えている。気配を感じて振り返った上浦は、床に座り込むアキラに気づくと、いきなり胸倉を摑み、怒鳴りつけた。

「お前がやったのか？　殺したのか？」

アキラが震えている。ジンも困惑していた。上浦の言葉から誰のことを言っているのか、連想するのは恐怖でしかなかった。店の客、運び屋、薬漬け……。まさか……綾香の名前が頭に浮かんだが、すぐに掻き消した。

その時、私服の刑事二名と数人の警官が店に入ってきた。床に座り込んでいるアキラを二人の警官が脇を掴んで立たせるとアキラの本名を言いながら、アキラを連行した。

「金井明彦、覚せい剤取締法違反で逮捕。松永綾香の件は任意同行だ」

出頭したアキラはすぐに自白。綾香の件で、アキラに殺人罪が加わった。そして事件から一週間後、ジンは店を辞めた。歌舞伎町からも足を洗い、口の堅い麻美ママの店に居候し、引きこもっていた。

綾香の事件は、発生から三、四日の間、連日ＴＶでその全貌が語られた。真面目な普通の大学生がホストにハマり、借金だらけになり、あげくの果てに殺されるという悲惨な事件として報道された。詳細を知れば知るほど残酷な事件だった。ジンが綾香の売り掛けを払い終わった後も、アキラがしつこく綾香を追いかけたようだ。自分の売り上げが落ちれば収入も減る。その穴埋めをさせるためだった。自分にとって一番扱いやすい客だった綾香を口説き、正式に自分の女にした後も運び屋を続けさせながら荒稼ぎをしていたのだ。綾香は一人暮らしをするという口実で家を出ていたが、実際にはアキラと同棲しており、覚せい剤に手を出していたアキラに強制的に薬もやらされ、風俗でも働かされていた。最後は薬を多量摂取させたことで意識不明になった綾香を、慌てたアキラが路上に放置し死なせたという真相だった。そして綾香が刑事の娘だったことがより一層世間の注目を集めた。

ジンはTVで事件の真相を知るたびに、綾香とのLINEを振り返り、腹立たしさと切なさでやり切れない気持ちに苛まれていった。彼女が運び屋に手を出していたことを知りつつ、アキラを単純に信用してしまっていた自分が許せなかった。彼女に対して、もっとケアできただろうことも分かっていたのに、何故自分は動かなかったのか？　LINE上でのやりとりが全て真実だとは思っていなかったことなど、自分でも気づいていたはずではないか。なのに何故、彼女の様子を会って確かめようとしなかったのか？　それは自分が彼女に対し本気になってしまうのを恐れて現実から逃げていたということを認めたくなかったからだった。

初対面の時から、ジンは綾香に好意を持っていたのだ。だから彼女の指名を積極的に取りにいかなかった。まさか彼女がアキラの客になり、アキラの女になるとは想像もしていなかった。もし綾香に自分を指名させていたら、アキラと深い仲になることもなく、今でも元気に生きていただろう。そんな思いがジンを苦しめた。

綾香が初めて店にやってきた時、「アキラをよろしく」と本心にもないことを軽々しく言ってしまった自分が許せなかった。更にアキラとの関係を知ってからの自分の行動にも後悔しかない。遠くから見守ることが彼女のためだと自分に言い聞かせてきたこと、アキラとも面と向かって話さなかったこと、本当のことを知ろうとしなかったことに後悔は強い。そして自分が身を置く世界が、いとも簡単に一人の女性の人生を壊してしまった。綾香の存在が消えてしまったことは自分のせいだと自らを追い込んだ。

そして店を辞め、ホストを辞めた。決して貧乏な暮らしには戻らないと誓うための鍋を温かいと言って一緒に食べてくれた綾香を救えなかった自分に腹が立って仕方がなかった。

「ジンくん、もう自分を責めるのはやめなさい。あんたのせいじゃないでしょ。あの娘が弱かっただけ」

麻美ママが、店の二階の部屋で籠っているジンの元にサンドイッチを持ってやってきた。ソファーに寝転がり、うつろな目をして天井を見つめる顔を心配そうに見下ろされたジンは思わずママと目があって、我に返った。

「いつまでも、すみません。ママには、あんなことまでお願いしたのに。結局助けられなくて」

「だからね、もう忘れなさい。あの娘は、ジンくんが手を差し出しても差し出さなくても、こうなる運命だったのかもしれない。とにかく、食べて。そろそろ次のステージにいかないと」

ママは持ってきたサンドイッチをジンに差し出しながら諭した。ジンは皿ごと受け取ると、そのままテーブルに置いた後でいただきますと伝え、また天を仰ぐ。ママは、大きなため息をつくと、ジンに提案をもちかけた。

「ジンくん、どうしたい？　いつまでも何が君を苦しめてる？」

「わからないです……。でも、僕は彼女に聞きたい。何故僕に本当のことを話してくれなかったのか……」

ジンが静かに答えた。

「それを知れば、前を向いて歩ける？」

ジンは不思議に思って麻美ママを見た。

「あの娘との間に思い出の料理って何かある？」

ジンが何も言えないままでいると、麻美ママは続けた。

「あるなら、天国さんという有名シェフがやっているごはん屋に行ってみたら？　私も噂で聞いたんだけど、そこで亡くなった人との思い出の料理を食べると不思議なことが起こるらしいの。詳しい情報はあまり知られていないけど、ここ数年、密かにSNS上で話題になっててね、故人に会えるとか何とか……。気晴らしに行ってみたら？」

そう言って、麻美ママはそのごはん屋の予約サイトを表示させたノートPCをジンに残し、部屋を出ていった。ジンは、麻美ママの言っていることがよく理解できなかったが、何となくの興味から画面を見た。詳しい情報は何も書き込まれていない。その店がある場所すら掲載されていなかったが、サイトに載っている木々の写真や森の風景がジンの心を揺さぶった。何故かそこに行ってみたいという衝動にかられた。ジンは不思議な力に導かれるように、予約サイトに書き込んだ。

思い出の料理名「白菜鍋」
必要な材料「白菜、豚肉」
簡単なレシピ「ごま油で豚肉を炒め、白菜を加えて煮込む」
誰との思い出ですか？「綾香」

一カ月後の十二月初旬、ジンの予約の日がやってきた。店のある山梨に雪の予報はなかったが、凍結の恐れがあるとの情報だったので、車に冬支度を施し、万全の装備で東京を出発した。

仕事を辞め、麻美ママの元に転がり込んでから今日まで、ほとんど外に出ることもなく過ごしていたジンだったが、今日をきっかけに自宅に戻るつもりで身の回りの荷物を車に積みこみ、麻美ママにしばしの別れを告げた。

久々に見る外の景色は眩しく、別世界のような感覚だった。東京、山梨間は日帰りできる距離だが、折角なら自然の中でゆっくり過ごしたいと、今晩はごはん屋から車で三十分の場所に宿も予約していた。

クリスマスを前に賑わいをみせる都心部を抜け、少しずつ自然の中へと車は進む。出発してから二時間半ほどで、ジンは予約サイトで魅了された森に到着した。

ここに来る前に少しだけ天国繁という人物については調べていた。今の自分とさほど変わらない年で料理人としての道を歩き始め、三十代前半で成功していたにもかかわらず、突然姿を消してしまったことを知ってそのミステリアスな経歴に興味をそそられた。そんな好奇心を持ちながら、ジンはごはん屋の入り口のベルを鳴らした。しばらくして中から長身の男性が現れた。

「いらっしゃいませ。桜坂様。お待ちしておりました。シェフの天国です」

ジンは、笑顔で出迎えてくれた天国に緊張した面持ちで会釈した。彼が行方不明だというニュースから彼此二十年近くは経っているはずだったが、天国の見た目は自分と同年代のような雰囲気だった。

案内された屋内は、外から見るよりは広く感じられ、奥のテーブル席がある部屋までくると、開放感が心地良かった。部屋の中を三百六十度ぐるりと見回しながらジンは天国に質問した。

「ここにお一人でお住まいなのですか？」

「猫と一緒に」

「何故青山のお店をたたまれたのですか？　誰もが知る有名店だったと聞きました」

ジンの情報はネットで調べたにすぎなかった。天国は笑みを浮かべていたが、質問には答えなかった。

「今日のお料理は、白菜鍋ですね。綾香さんとの思い出と書かれていましたが、どういうご関係の方ですか？」

自分の質問をはぐらかしておいて、こちらには直球の質問をぶつけてくるのかと、いい気分ではなかった。質問に答えないジンの様子を見て、天国が軽くため息をついた。

「私が答えなければ、答えてくれそうにないですね」

天国が苦笑している。ジンは黙ったまま天国の様子を窺った。すると天国が優しい笑みを浮かべながら口を開いた。

「僕も大切な人を亡くしたのです」

「僕も？」

「そう。あなたにとって綾香さんが大切な人だったように」

ジンはこちらの心を見透かされているような感じがして驚いたが、咄嗟に誤魔化した。

「綾香は……綾香さんは店のお客さんで……ただ彼女の死に責任を感じているだけです」

「桜坂さん……、いや、ジンくん。ここに来たら素直になっていいんです。僕以外、誰もいませんから。君が心を開かなければ、これから作る料理に何の意味もなくなるんです」

「綾香さんに……会えるんですか？」

ジンは恐る恐る聞いてみた。

「それはジンくん次第です。君が正直になれば、会えるかもしれません」

天国の意味深な返答を聞いて、ジンは覚悟を決めた。ここまで来たのだから、自分が変わらなければ。

「僕の片思いです。彼女は僕の思いすら知らないでしょう。だから僕は彼女に謝らなければ……」

ジンの目から涙がこぼれた。天国が優しい目でジンを見つめている。

「お料理ができるまで、少しお待ちください」

天国はそう言い残して、キッチンへと移動した。少ししてキッチンからゴマ油の香りが漂ってくると、ジンの目の前に綾香との思い出が走馬灯のように映し出されていく。

初めて店にやってきた時の綾香の笑顔。何度か店で見かけた楽しそうな綾香の表情。どの表情も今のジンにとっては胸が締め付けられるほど辛い光景だった。そして次に現れたのは渋谷で会った時の怯えた彼女の姿だった。

ジンは今でも綾香がアキラを心から愛していたとは思っていない。彼女は恋に恋していただけなのではないか。だからこそ、アキラの巧妙なやり方にハマってしまったのだ。ならば自分が本気で彼女に向き合っていれば、自分の気持ちを隠そうとしなければ、彼女の人生は大きく変わっていたかもしれない。同時に自分自身ももっと早く好きでもなかった夜の世界から足を洗っていれば、彼女と幸せを摑めたかもしれないと後悔していた。綾香と向き合いながら鍋をつついた最後の思い出が映し出された時、ジンは嗚咽した。

その悲壮な声が部屋中の空気を変えてしまった瞬間、天国が煮えた鍋を持ってジンの前に現れた。鍋がテーブルに置かれると目の前にオレンジ色の光が差し込んできた。一体何が起こるんだろう。不思議に思いながら正面を見据えた。まさかこの光の中から綾香が現れるということなのか？　ジンは半信半疑のまま、ずっと光を凝視していた。

「ジンくん、白菜鍋です。食べてみてください。あの日の鍋と同じですか？」

また天国が意味深な質問を投げてきた。ジンは我に返って、光から視線をそらした。箸を手に取り湯気の立つ鍋から具材を取り皿によそう。自分の息で少し冷ましてから口の中に運んだ。肉の少なさを誤魔化すように多めに入れるゴマ油の量と、クタクタになるまで煮込んだ白菜の加減は、ジンが子供の頃から食べてきた鍋の味を見事に再現していた。再現というより、そのままの味と言った方が正しいと思った。更に隠し味に使っていたポン酢の味も感じられた。

「天国さん、あなたは最初から全部知っているのではないですか？　僕がここに予約を入れた時から僕がどんな人物で、僕に何が起こったのか、綾香に何が起こったのか……。何か特別な力をお持ちの方ですよね？」

「僕は自分の力などわかりません。ただ、ここにいらっしゃる方々の苦しみが少しわかるだけです」

天国が静かに答えてくれると、光が少し強くなり、想像どおり目の前に綾香が現れた。ジンは驚きのあまり体が硬直しているのが分かった。自分の意志で体が動かない。そして目からは涙が溢れ出て、言葉も出てこなかった。

「ジンさん、会いにきてくれてありがとう」

綾香の声が聞こえた。

「ごめんなさい。私が弱かったの。ジンさんのせいじゃない……」

声が出なくなったジンの様子を見て天国が言った。

「ジンくん。声に出さなくても心で思えばいいんです。そうすれば、綾香さんに伝わりますから」

ジンは天国に言われ軽く頷くと、心の中で綾香に話しかけた。

（綾香ちゃん、初めて店に来た時から好きでした。でも僕はホストだから、恋愛なん

て出来ないと思っていて……。アキラを指名してなんて言ったこと、本当に後悔してる）

「私も初めてお店でジンさんに会った時の印象はよく覚えてます。笑顔が輝いていて……。ジンさんに指名させてほしいって言える勇気があれば……。でも私、誰かと恋をしたかっただけなんだと思います。偽物の恋愛だってわかっていても、アキラさんの誘いを断れなかった。でもそれはジンさんのせいじゃないから……」

（LINEで大丈夫って聞いた時、なんで本当のことを言わなかったの？　僕には言えなかった？）

「本当は言いたかったんです。でもジンさんがお金まで工面してくれたのに、またアキラさんと会ってるなんて……。アキラさんを恐いと思ったこともあったけど、言えなかった。もう……アキラさんと付き合ってたから。もう私、汚れちゃったから、ジンさんとは無理だし……」

（君の気持ちに気づいてあげられなくて、ごめん。僕が自分から逃げていなければ……）

「ジンさん、自分を責めないで！」

綾香が切ない表情でジンを見つめていた。

（人は生まれ変われるって信じてる？　僕は信じてる。だから、来世で僕を探して！　僕も君を探すから）

綾香の顔から笑みがこぼれ、涙が頬を伝った。

「ありがとう、必ず探します。それから、アキラさんを恨まないで。彼も苦しんでたから……。現実から逃げたくて薬に手を出したのは私だし、私が世間知らずだっただけだから……」

「綾香！　来世で必ず言うから。好きだって」

ジンが力を振り絞って声を発した。その声が聞こえた途端、綾香は静かに姿を消した。

ジンは手に握りしめた箸をもう一度動かし始め、まだ微かに立ち昇る湯気を感じながら、白菜鍋を完食した。食べ終わった後、懐かしい味と綾香に本心を伝えられた喜びがジンを優しく包み込んでいた。

「ごちそうさまでした。最後に綾香と食べた白菜鍋をもう一度食べられて嬉しかったです」

「少しは心が軽くなりましたか？　そうだと嬉しいんですが」

「ええ。僕はどのぐらいここにいたのでしょう。何か時間の感覚がなくなってしまったみたいで……。不思議です」

「二時間ぐらいでしょうか。すぐに気にならなくなると思います」

「ありがとうございました。綾香さんに本心を伝えられたので必ず再会できる気がします」


天国は驚いた。この男は店で起きたことを覚えている。何故ルールが適用されないのか、天国には分からなかった。

天国はノートを開く。ここでの記憶が残るという特別な客は彼が初めてだった。そして彼が百八十六人目の客だ。後ろ髪を引かれるような印象を残して帰った客は初めてだった。彼は二十六年の人生をリセットさせて、もう一度輝けるだろうか。

おそらく自分にも彼と同じ年齢の頃があったはずだ。その時の自分は輝いていたのだろうか。天国はこのログハウスに来るまでの記憶を失っていた。桜坂の姿に自分を重ねて過去の自分を想像してみたが、自分自身の過去については何一つ思い出せなかった。

天国に課せられた数字は、三百五十八。ごはん屋開店から今日で百八十六人の記憶が浄化され、残りは百七十二人。

第四話　カツのない丼

岡田貴弘《おかだたかひろ》は、オフィス内の喫煙所で一人スマホを眺めながら束の間の休憩を楽しんでいた。二本目のタバコを取り出そうとしたとき、入り口の扉が静かに開き、同僚の前野淳《まえのあつし》が入ってきた。

「前野、どうした？　顔色悪いぞ」

前野が苦笑しながら答える。

「ちょっと疲れが溜まってるかなぁ」

「また、やられてんのか？　上に」

二人が勤める会社はコピー機やオフィス機器の販売、買取を行う会社で、岡田と前野が所属する営業部は、月末近くになるとノルマ、ノルマと上司から厳しく追い立てられる。大学を卒業して入社十年目に突入しているが、毎月このノルマには頭が痛い。岡田は自分でも要領がいいほうだと思っている。程よく上司に媚びながら上手くパワハラをかわしているが、前野は全く真逆のタイプで真面目すぎる。顧客からは信頼されているのだが、売上よりも顧客の希望を満たすことを優先してしまい、成績が思うように上がらない。そのためいつも上司に目をつけられ、成績が上がらないのならと、あれこれ雑務を言いつけられ遅くまで働かされていた。

「まあ、いつものことだけど、俺って要領が悪いのかな。今の部長に代わってから、さすがに疲れる」

「適当によいしょしときゃあいいんだよ。米倉部長なんて実力もないのに、ほんとコネで出世したコネ部長だよ。前野は真面目すぎるからターゲットにされちゃってるよな」

「岡田が羨ましいよ。どうやったら、成績上げて定時で帰れるんだよ！」

前野が煙を吐き出しながら、怒りをぶちまけている。

「だから適当によいしょなんだって、あいつには。それにしても顔色悪いぞ。ちゃんと寝てる？」

「ああ……。ちょっと睡眠不足かもな。子供の夜泣きもあるし」

前野には結婚三年目の妻と生まれたばかりの息子がいる。家庭は円満で、家族の話をするときは幸せそうな表情を見せる。岡田は独身の自分にはない幸せを噛みしめている前野をいつも羨ましく思っていた。

「夜泣きとか、幸せな悩みじゃないか！」

岡田の返しに前野が苦笑している。

「そろそろ戻るわ。お前はもう少しゆっくりしてこいよ。コネ部長には上手く誤魔化しといてやるから」

岡田はそう言って、喫煙所を出た。


営業部に戻ると、米倉部長が騒がしかった。

「お前ら、わかってるのか！　今月の目標達成率、まだ七十パーセントだぞ。気合入れてんのか⁉」

岡田は部長と目を合わせないように、上手く視線をかわしたつもりだったが、しっかり見つかってしまい怒号が飛んできた。

「おい、岡田。今月も大丈夫なんだろうな！」

「もちろんです部長。今月も確保してますから」

「さすが、岡田だ。みんなも見習え！　成績ダメダメの前野はどうした」

「さっき、屋上で客に電話してました。頑張ってましたよ」

すかさず岡田が誤魔化した。部長は反応せず、面白くなさそうな表情だけを残しておとなしくなった。岡田はすぐに現状を前野にLINEし、デスクワークに戻った。

それから五分ほど経っただろうか。前野が席に戻ってきた。岡田の向かい側が前野の席だった。前野が席に着くなり、部長の米倉が嫌味を言う。

「頑張ってるそうじゃないか、前野くん。やっと目標達成となるのか？　これまでの分もあるからなぁ……。今月は二百パーセント達成とか、期待できるのかぁ？」

前野は黙って俯いている。

「あれあれ、上司の励ましにだんまり？　寂しいなぁ」

前野が部長の言葉に反応し、立ち上がって深々と頭を下げていた。

「すみません！　頑張ります」

岡田はその様子を横目で見ながら、やりすぎと思える部長の嫌味に腹を立てていた。

部長が前野の席から離れたのを確認すると、すぐに前野にLINEをいれた。

【三十分後ぐらいに出れる？　俺の客、今月お前にやるよ】

前野は携帯を見ると驚いたように岡田に視線を送り、すぐに返信してきた。

〔悪いよ〕
【いいんだよ。見返してやれよ、あのコネ部長。マジでむかつくわ】
〔今度、おごるわ〕
【サンキュー。久々にカツなし丼、食おうぜ】

前野が笑顔で「いいね」ポーズを返してきた。

カツなし丼とは、新入社員の頃、二人がよく食べていたメニューだった。岡田たちが働く会社は東京の下町にあり、人情味溢れる店主が経営する飲食店が多い。その中でも財布に優しい値段の蕎麦屋があり、二人は常連だった。ある日、上司や先輩からの圧力にストレスを抱えていた二人がその蕎麦屋を訪れ愚痴をこぼしていると、店主がサービスだと言って出してきたのがカツのない衣だけを卵でとじた丼だった。

「若いお二人さんに、サービスだ。カツを入れないで気楽に働けよ。人生長いから」

二人は店主の粋な計らいに顔を見合わせて爆笑し、その丼を完食した。それ以来、仕事で嫌なことがあるとカツなし丼を食べにきていた。入社十年ともなると、二人で一緒に昼ごはんの機会も少なくなっていたが、久々に食べようという岡田の誘いだったのだ。

三十分後、二人は午後からの営業先に出向く前に蕎麦屋で待ち合わせをした。

「いらっしゃい！　二人揃っては久々だな」

カウンター越しに店主が懐かしそうな表情を見せながら出迎えてくれた。

「久々にあの丼作ってほしいんだけど、できます？」

岡田が言った。

「おお！　あれな！」

店主は気軽に引き受けてくれ、数分後には二人の前に丼が並んだ。前野が嬉しそうに丼に箸をつけた瞬間、驚いている。

「おやじさん、カツ入ってます！」

店主が笑っている。

「前野ちゃんは、顔色が良くないんでカツ入れといたよ。俺からの喝な！」

「すんません。おやじさんには頭あがらないわ。最近顔出せてなかったのに……」

店主は前野の詫びを笑顔で受け止め、昼時の慌ただしい店内の応対に追われていた。

「前野、やっぱお前顔色良くないんだよ。病院行けよ」

岡田も心配そうに前野を見た。

「心配してくれてありがとう。今月も目標達成できなかったらヤバかったけど、岡田のおかげで命拾いした気分だよ。本当、感謝！」

「いいんだよ、気にすんな。あの部長にムカついてるだけだから。目標達成すりゃあ少しは早く帰れるんだろ？　一体毎日何をやらされてんだ？」

前野が箸を進めながら、苦笑している。

「部長の雑務とか……。逆らって飛ばされるのもまずいからなぁ。子供が生まれたばっかだし……」

「そういうこと⁉　なんでお前が部長の仕事まで手伝ってんだよ」

岡田は無性に腹が立った。

「俺が要領悪いんだと思うよ」

前野がぽつりと答えた。岡田は返す言葉もなく、その場の雰囲気を誤魔化すように、美味い美味いと連呼しながらひたすらカツなし丼を腹の中に収めた。

腹ごしらえの後、二人は営業車に乗り込み、岡田のクライアント先へと向かった。

台東区から中央区までの移動で、普通なら三十分といった距離だが世間は師走のせいか、車も多い。午後早めの時間でスムーズに走れるはずの道も心なしか渋滞していた。

「予想通り、混んでるなぁ」

ハンドルを握る岡田が独り言を言った。

「アポの時間は？」

前野が尋ねた。

「大丈夫！　十二月だから、渋滞を想定して余裕の時間にしといた。早く着いたら、近くの駐車場に車停めて、待てばいいし」

「本当に悪いなぁ。クライアントを紹介してもらうなんて。自分でも情けないよ」

前野が申し訳なさそうに、また頭を下げている。

「気にすんなって。今から行くとこ、俺の親戚なの」

岡田は横目で前野を見ながら笑った。前野が少し驚いた顔を見せている。

「親戚？」

「そう。親父の弟の会社。だから気にすんなって。俺が努力して獲得したクライアントってわけじゃないし、所詮コネなんで」

「そうか。お前んち、でかい印刷会社だったよな？」

「親父の弟は、そのグループ会社の社長。儲かってるみたいだから、困った時の神頼み先なんだよな」

岡田は気恥ずかしさもあり、笑った。

「なんで親の会社に入らなかったんだ？　次期社長なんじゃないの？」

「今の会社は修行先みたいなもんよ。社長も親父の友達だし。親父の会社を継ぐかどうかは、わかんないけど」

「羨ましいよ、お前が。俺には何もないからなぁ……」

前野が自分の計らいを軽く受け止めてくれないことに気づいた岡田は、少し気遣いを見せた。

「いやいや、コネなんて実力じゃないんで。お前は足で稼いで、頭使って成績作ってんじゃん。凄いと思うよ。部長のことコネ部長なんて、言ってるけどさ。俺がそもそもコネ社員だから」

岡田は苦笑した。

「コネはないより、あった方がいいよ。社会人になって、つくづく思うよ。スタート地点が違うんだから」

「そんなにマイナス思考になるなよ。もっと気楽に行こうぜ。あんなコネ部長、ぎゃふんと言わせてやろうよ」

岡田はひたすら励まそうとしたが、前野の思いを完全に理解することは難しかった。


毎月月末の午前には部内で成績発表があるが、十二月は来年三月の年度末に向けての追い込みがかかる月でもあった。ここ数カ月、前野ばかりがターゲットにされ、部長からのパワハラを一手に引き受けているような雰囲気にうんざりしていた。しかし今月は岡田の計らいもあって前野は半年ぶりに目標を達成している。さすがの部長も何も言えないだろうと思い、いつもよりは心なしか軽い気持ちで部会議に臨んだ。会議が始まると、いつも通り部長から成績上位五人が発表された。岡田は二位、前野は、ぎりぎりの五位だった。自分から少し離れた対面に座っている前野の表情が明るいことを確認して、胸をなでおろした。すると、いきなり部長が前野に話しかけた。

「前野、最後にでかいクライアントを捕まえたようだな」

驚く前野の反応を待たず、部長が話し続けた。

「このクライアント、もともと岡田の客じゃないのか?」

前野は顔をこわばらせ、下を向いた。

「成績の横流しか⁉　前野ちゃん、情けないなぁ。自分一人じゃ何もできないのか⁉」

岡田は、部長の言い草に黙って聞いてはいられなくなり、思わず立ち上がって部長に向かって吠えた。

「僕が対応しきれなかったんで、前野くんにお願いしたんです。ダメですか？　誰がやっても成績は成績かと」

「岡田くん、君には何も文句は言ってないんだよ。僕は前野くんに言ってるんだから」

「なんで、いつも前野には嫌味なんですか？　部長、パワハラです！」

一瞬、部長の表情に怒りが見えたが、すぐに笑顔に戻り岡田を制してきた。

「嫌味とは心外だなぁ。前野はそんな風には思ってないよな？」

そう言って部長は前野にちらりと視線を送る。前野は苦笑しながら頷くしかなかった。

「ほらな。岡田くんが気にすることじゃないだろ。僕は前野くんに目をかけていて、彼なら次期部長にもなれる実力があるからこそ、言ってるんだ」

岡田は返す言葉が見つからなかった。部長の米倉は、岡田には絶対に嫌味を言わない。そんな部長の計算高い性格も嫌いだった。部長は岡田が大手印刷会社の社長の息子という素性を充分に意識している。そういう部下には絶対に嫌味も言わないし、圧もかけない。更に自分の子分のように可愛がることもしないのだ。いいも悪いも目をかけているように扱うのは、自分に対してイエスマンになれる社員だけで、そういった部下だけを囲い込み、時に八つ当たりの対象にしたり、都合の良い仕事だけをさせたりと、やりたい放題だった。岡田は部長に軽く頭を下げるとだんまりを決め込み、次期部長などと言われた前野の様子を窺った。少し驚いているような表情だった。

「前野くん、自分の力で達成していない成績なら達成したとは言えないなぁ。頭が悪いのか？　もっと鍛えてやらないとダメだなぁ」

部長がそう言って前野の肩をたたきながら、顔を覗き込んだ。前野は何とか笑顔を取り繕いながら、部長に頭を下げていた。部内の他の者たちもこんな光景には慣れっこで、しばらくは前野がターゲットにされて自分たちは助かったと言わんばかりの様子だった。

その日の報告会は、それから二十分ほどで終わり、翌日の年内最終日に向けて社内の大掃除が始まった。岡田も自分の席周りに山のように積み上げられた資料を仕分けながら、廃棄しない資料だけをスキャンし、自分のPCに保存していく。それがひと段落すると、今度はクライアントに年末の挨拶メールを送り、優良顧客には丁寧に電話を入れた。どのくらいの時間が経っただろう。ふと集中力が途切れたと感じ時計を見ると、まもなく定時の十八時になるころだった。顧客との忘年会で早めに退社した者も少なくなかったが、まだ六割ほどの仲間が社に残っていて、気忙しそうに業務を続けている。ふと、前野の姿がないことに岡田が気づいた。

【前野、お前いまどこ？　もう会社出た？】

LINEを送ってみた。すぐに既読はつかなかった。岡田は隣の席の女性社員に訊ねた。

「荒井さん、前野ってもう帰ったのかなぁ？　知らない？」

「前野さんなら、少し前に部長と一緒にどっか行きましたよ。外じゃないと思いますけど」

「部長と？　変な雰囲気だった？」

「怒られる的なってことです？　それなら全然違うと思います」

荒井は軽く答えてきた。

「あっ、そう……」

荒井が不思議そうに岡田を見ていた。

「岡田さん、そんなに気にして、何かあるんですか？」

「最近、前野の顔色が良くなかったから、ちょっと気になって……」

「そうですかぁ。元気がない時もありましたけど、私は部長が前野さんを気に入っていて、仲がいいなって思ってたぐらいですけど」

岡田は荒井の読みがあまりにも浅くて、思わず呆れた表情を見せてしまった。

「お前は気楽でいいなぁ。あの部長が気に入ってるやつなんているか？　この部内に」

「岡田さんて、マジ部長のこと嫌いですよね？　分かりやすくて、面白すぎます」

荒井に突っ込まれて、岡田は少し腹立たしかった。

「じゃあ、お前は好きなの？　部長のこと」

「やめてくださいよ。好きな人なんていないでしょ、あんな嫌味なおやじ」

荒井が小声で返してきた。

「だろ？　ヤバいよ、あの性格。前野は真面目すぎるから、心配なんだ」

「そういえばこの間も終電に乗り遅れて、会社に泊まったってぼやいてることありましたけど」

「何やらされてんだか……」

前野の様子をもっと詳しく探ろうとしていた矢先、ＬＩＮＥが戻ってきた。

「これから席に戻るけど」

携帯から視線を外すと、前野が一人で部内に戻ってきた。特に表情に暗さは感じられなかった。むしろ、笑顔を浮かべていた。

「前野、もう帰れそうか？」岡田が訊ねた。

「多分」

「一杯行かないか？」

前野が少し迷った。

「もし良かったら、俺んち来ない？」

「えっ⁉　急すぎるだろ、家は」

「家の方が気楽だし、嫁の手料理ぐらいしかないけど……」

そう言って前野が携帯を触りだした。そして、数分後には妻が快諾したと、笑顔で返してきた。

岡田と前野は、同じ中央線沿いに住んでいる。岡田は吉祥寺、前野は高円寺だった。新入社員の研修中はいつも一緒に帰っていたが、岡田が前野の家に行くのは今日が初めてだった。二つ年下の前野の奥さんの顔は携帯で見せられたことがある。清楚な感じの女性という印象だった。もちろん子供の成長は、誕生日が来るたびに前野からの自慢話として聞いてきた。それでも実際に会うとなると、岡田は少々緊張気味だった。

二人は高円寺駅に着くと、駅前のスーパーマーケットに立ち寄った。前野は妻に頼まれた牛肉と豆腐を買い、岡田は酒のつまみになるようなかまぼこやソーセージ、乾きものをいくつか選び、子供用にお菓子を手土産として買った。

駅から前野のマンションまでは歩いて十分ほどの距離だった。

「いらっしゃい。やっと来てくれましたね。主人からいつも話を聞いていて、どんな方かなぁって想像してました」

前野の妻が二歳の息子を抱きかかえた状態で迎えてくれた。親しみに溢れた笑顔が、もう何年も前から交流があるような気にさせてくれ、岡田の緊張は一瞬にしてほぐれた。

前野のマンションは2LDKで、小さな子供がいる割にはすっきりと片付けられていた。

「大したとこじゃないけど、気楽に」

前野がそう言って奥のリビングにあるソファーに案内してくれた。

「改めて、嫁の真由《まゆ》。お前に会いたがってたから、年末に招待できて良かったよ」

前野が改めて妻を紹介しながら、息子にも笑顔を見せる。岡田にはまだ経験のない光景だった。

「先に着替えてくるよ。コーヒーでも飲んでて。真由、よろしく」

前野はそう言うと、玄関横の部屋に戻っていった。

「なんか、年末の忙しい時に突然すみません。ちょっと外で一杯飲もうと誘ったんだけど、家来る?とかって、流れになっちゃって……」

真由が岡田にコーヒーを運びながら話を聞いている。

「年末だからって何をするわけでもないので、全然大丈夫です。むしろ誰か来てくれた方が私は嬉しくて。毎日息子と二人だけだから、時々気が滅入るんです」

真由が苦笑した。

「あっ、これ。突然だったんで駅前のスーパーで買ったものですが……」

岡田は、真由にスーパーの袋を差し出した。

「すみません。気を遣わせてしまって……。息子のお菓子まで」

リビングに置かれたおもちゃで遊ぶ息子が時折岡田の方に視線を送ってくる。初めて見る顔だということはわかっているのだろうか。それでも岡田を怖がることもなく、片手にミニカーを持って、近寄ってきた。笑顔が母親に似ている。人懐こい表情で岡田におもちゃを差し出してきた。

「岡田さんを気に入ってるみたいです。その車、息子のお気に入りなんですけど、岡田さんにあげるって」

そう言って真由が笑っている。岡田は子供の扱いに慣れてはいなかったが、子供が嫌いではない。

る。

「おにいさんにくれるの？」

岡田が息子に話しかけた。小さな男の子は、岡田の顔を見つめて、小さく頷いてい

「おにいさんなんだ！　おじさんだろ？」

部屋着に着替えた前野が笑いながら戻ってきた。

「いや、俺はまだ子供もいないし、おにいさんだろ？」

岡田は冗談を言って笑った。最近会社での前野はどこか疲れている様子を見せてい

ることが多く、いつも心配で仕方なかった。しかし今、目の前にいる前野の表情は穏

やかで、心配事の欠片もないように思える。そんな前野を見て、訳もなく嬉しかった。

誰もいない部屋に一人で帰る自分と違って、妻や子供の存在は前野の心を毎日リセッ

トしてくれるんだろうと羨ましくも思えた。

「岡田さん、すき焼きにしたんです。食べましょう。パパは裕太を連れてきて」

真由が二人に声をかけた。カウンターキッチン越しに置かれているダイニングテー

ブルの上の鍋から温かな湯気とともに甘辛いすき焼きの香りが漂っている。

「岡田、ビールでいいよな」

息子を子供用の椅子に座らせながら、前野が岡田に話しかけてきた。

「酒なら何でも」

全員が食卓を囲んで席につき、温かな飲み会が始まった。真由もビールを飲みながら、楽し気な男同士の会話を時折笑いながら聞いていた。

「来年はどんな年になるかなぁ」

岡田は感慨深い面持ちで独り言のようにつぶやいた。

「珍しいじゃん。お前がそんな神妙な感じ」

「俺だって、年末になればいろいろ考えるさ」

岡田は苦笑した。

「そろそろ結婚とかしないわけ？　彼女いるよね？」

「今、いない。それって入社した頃の話だろ？」

「別れたの？」

「ああ。何か、飽きちゃうんだよね」

「岡田さん、モテるんですね」

真由が笑いながら会話に参加してきた。

「そうなんだよ。女子社員とかも噂してるし」

前野が冷やかす。

「何それ。噂って何？」

「彼女いるのかなぁ……とか。お前の席の隣の荒井《あらい》に聞かれたことあるんだよなぁ」

「荒井？」

「お前の好みじゃない？」

「意識したことない。社内恋愛とか面倒くさいし」

「大会社の御曹司で、それなりにイケメンってなればモテるだろ。羨ましいよ」

「ええ！　パパ羨ましいの？」

真由が口を尖らせている。

「そりゃ羨ましいだろ。俺が持ってないもの持ってるのは」

「前野だって、俺が持ってないもの持ってるだろ？　綺麗な奥さんにかわいい息子。家族がいるって羨ましいよ」

「結婚なんて、勢いとタイミング。お前なんてその気になれば、誰だって見つけられるだろ？」

「誰でもいいって訳じゃない。とにかく、なんか今は彼女とかめんどくさいかな」

岡田は笑いながら答えると、話題を変えた。

「それよりさぁ、来年は部長から離れろよ」

一瞬、前野の表情が固くなったように思えた。

「媚びる気はないけど、無視するわけにもいかないしなぁ。来年はもうちょっと要領よくってとこかな」

「もうちょっと早く帰れるといいよね」

真由が割って入ってきた。前野は妻の言葉に苦笑している。

「仕方ないんだよ。命令には逆らえないから……」

「お前、部長に何をやらされてるんだ」

前野は苦笑したまま、答えなかった。

「外回りの営業が俺たちのメインの仕事だろ？　そこに支障が出るくらいのことやらされて成績、成績って言われても無理だよ」

酒のせいもあり、日頃の思いを岡田が強気でぶつけてしまう。

「まあ落ち着けよ。心配してくれてるのは有難いけど、お前が心配するほどのことじゃないから。大丈夫だから」

前野は会話から逃げるように、トイレへと席を離れた。

「岡田さん、ありがとうございます。秋ぐらいから急に帰りが遅くなって。時々疲れた顔を見せたりするので私も心配で」

真由が小声で岡田に話しかけた。

「すみません。奥さんの前で話すべきじゃなかった。前野が言うように俺が心配しすぎてるだけだと思うから」

岡田は前野の家にいるのを忘れて会社の話題を出してしまったことを後悔した。

「でも、何か変わったことがあれば、いつでも連絡ください」

真由はトイレのドアの音に気付き、岡田の言葉に小さく頷いた。前野が部長に何をやらされているのか聞き出したい思いは変わらなかったが、今は我慢しよう。それからは入社時の思い出話などで盛り上がり、楽しい時間を過ごした。

新たな年を迎え、岡田と前野二人の期待には反し、さほど嬉しいこともなく淡々と時が流れていった。一月、二月、三月は、「行く、逃げる、去る」と言われるとおり、気が付いたらもう春がそこまで来ているような季節になっていた。

その日もお決まりの定例会議で一日が幕を開けた。会議で喝を入れられ、またいつものようにそれぞれが外回りの営業へと出かけていく。年が明けてからしばらくは、どちらからともなくお互いに誘い合って昼ごはんを一緒に食べたりしていた岡田と前野だったが、ここ一カ月ぐらいは一緒に行動することもなくなっていた。遠目に見る前野は、心なしか疲れた表情を見せたり、デスクに座っていても目がうつろな感じの時があり気にはなっていたが、岡田も自分の成績で手一杯だったのだ。

岡田が今日の自分のスケジュールを確認していると、携帯が反応した。LINEだった。

〔久しぶりに昼飯どう?〕

珍しく前野からのメッセージだった。

【ごめん。今日は無理だわ。午後一でアポあって。別日は?】

〔そうか。夜は?〕

珍しい。急ぎの用件でもあるのだろうかと岡田は思った。

【どした? 何かあった?】

次の前野の返信まで少し時間が空いた。

〔ちょっと渡したいものがあって。今度でいいや。そっちの都合に合わせるよ。カツなし丼、食べようぜ〕

渡したいものというのが気になったが、カツなし丼を誘うということは愚痴を聞いてほしいのかと単純な発想をしてしまった。岡田にはその余裕はなかった。

【来週なら、ゆっくり飯食える】

前野から（いいね）の絵文字が送られてきて、ＬＩＮＥは終わった。昼は車中で適当にコンビニ飯と決め込み、クライアント近くのコインパーキングに車を停めた。おにぎりを頬張り始めた時、携帯が鳴った。登録のない番号からの着信だったが、クライアントの可能性もあるので、慌てて口の中のものを飲み込み電話に出た。

「もしもし、岡田です」

「お昼時にすみません。前野です」

前野の奥さんからだった。

「ああ……。ご無沙汰してます。年末はご馳走さま。どうしました？」

「会社での主人の様子、大丈夫でしょうか？」

岡田は急に不安になった。奥さんは相当迷って電話をかけてきたのではないかと思ったからだ。

「前野に何かあったんですか?」

真由が一瞬躊躇したように、沈黙が流れた。

「気にしないで話してください」

岡田が言葉を引っ張り出そうと優しく話しかけた。少しして真由の声が聞こえてきた。

「家での主人の様子がおかしくて……」

「いつからです?」

「一カ月前ぐらいからです」

「どんな風に?」

「最初は仕事が忙しくて疲れてるのかなって思ってたんです。急に無口になったり、ため息ついたりで……。でも話しかけると、いつも通りで……」

「それがひどくなったんですか?」

「ここ一週間ぐらいは夜も眠れないみたいで。夜中に突然起きて独り言を言ったりするんです。話しかけると、怒り出すし。人が変わってしまったみたいで……。どうしたらいいかわからなくて……」

電話口の真由の声が緊張でかすれているように思えた。

「独り言って、例えばどんな？」

「僕は知らないです。僕はやってないです。そんなことをブツブツと繰り返すんです」

岡田もただ事ではないことにすぐに気づいたが、安易に答えることもできず、真由には自分が調べてみるからと言って安心させた。

岡田は電話を切った後、どうやって真実を突き止めようかと考えた。おそらく、部長の仕事を手伝っているだけではないのだろう。何か不正に手を染めているのか？もしそうだとしたら、どんな不正なのか。岡田には見当もつかなかった。今年に入ってからの前野の営業成績はさほど悪くない。確実に目標を達成している。思い返せば今年に入ってから部長の前野に対する嫌味も軽減している。何かあると不穏な空気を感じながらも、その糸口をつかむ術が見当たらなかった。前野に直接訊ねるしかないのか？　残りの昼食を急いで腹の中に収め、一旦前野のことを忘れて午後の業務をこなした。

岡田が三件の営業を終えて社に戻ると、いつもと違う空気を感じるほど、部内がざわついていた。何事かと不審に思い部内を見渡していると、突然荒井が小声で声をかけてきた。

「岡田さん、監査です」

「監査？　今頃？　なんで？」

「よくわからないんですけど、部長が連れていかれました」

岡田の鼓動が急に早くなり緊張が走る。前野の様子がおかしいことと結びつけてしまったからだった。

「前野は、どこ？」

「え⁉　やっぱり前野さんも絡んでるんですか？」

荒井が不安気な表情を見せている。

「そうじゃないけど……。前野は？」

「さっきまで席にいたので、社内にはいるかと……。顔色が悪かったですけど」

荒井の言葉の途中で、岡田は前野にＬＩＮＥをした。

【お前、今どこ？】

既読がつかない。前野からの反応がないことに苛立ちを感じ始めていた時、廊下から悲鳴が聞こえてきた。部内が騒然とした空気に包まれ、その場にいた全員が廊下に飛び出した。「誰か、救急車を呼べ！」とトイレ近くにいる男性社員が叫んでいた。トイレの出入り口に人だかりができている。

岡田は嫌な予感がして、トイレへと走った。人だかりを掻き分けると、床に倒れている前野の姿があった。顔が土気色に変わっていて、息をしているかどうかもわからなかった。二、三人の社員が前野を取り囲み、一人が懸命に心臓マッサージを続けていた。岡田は自分の前で繰り広げられている光景がにわかに信じ難かった。全身の力が抜けていくような感覚を必死に耐え、何とか自力で前野のもとにたどり着くと、耳元でひたすらに名前を呼んだ。かすかに呼吸が戻ったことが確認できた時、救急隊が到着し、前野は担架に乗せられ運ばれていく。その手を握りながら名前を呼び続けている岡田は、ふと前野の唇が動いたことに気付いた。

「ちょっと待ってください。何か言おうとしています」

あわてて救急隊員の動きを止めた。前野は精一杯の力を振り絞り、ズボンのポケットから何かを取り出し、岡田に差し出した。

「お……か……だ……。頼む」

岡田がそれを受け取ると、再び隊員たちが足早に救急車へと搬送し、病院に向かった。

岡田の手の中には一本のUSBが残された。

前野の葬儀はひっそりと身内だけで執り行われた。死因は心神耗弱による急性心筋梗塞との診断が下りた。過労死だった。前野の葬儀には会社の上層部が顔を連ねて訪れ、前野の両親と妻の前で頭を垂れ、残された家族の生活保障や退職金などについて約束していった。

監査部では部長と前野、更に数人の社員が部長に絡む不正行為の実行犯として調査の対象となっていたが、前野が岡田に渡したUSBの内容が証拠となり、首謀者の部長は刑事罰、前野を含む他の社員は強要されていたということで被害者扱いとなった。

部長の米倉が考えた不正はこうだ。自分に反抗できない性格の社員を選び、クライアントのコピー機を点検する際に故意に故障を起こす。その際の修理費はあらかじめ加入させている損害保険会社が支払う。もちろん保険会社からは加入時にリベートを得、保険金が支払われるたびにその金額の一部を保険会社の担当営業と共にマージンとして小遣いを得ていた。その後は度重なる故障を理由に機械の再リースをさせ、営業成績に繋げるという流れだった。機器の納品先クライアントが共謀しているケースもあり、その場合は、米倉からクライアント先の担当者に裏金が渡されていた。前野が最後に差し出したUSBには、部長が自分たちに指示を出している音声ファイルや、保険会社とのやりとり、更には不正に作らされた二重帳簿などが収められていた。

大手企業絡みの不正として社会を騒がせた事件から二カ月が経ち、前野の死は世間の記憶から薄らいでいったが、岡田だけは忘れることができなかった。前野の四十九日の法要に出向いた時は、幼い息子が父親の写真の周りを無邪気に走り回る姿を見ながら胸が締め付けられるような思いだった。奥さんは笑顔で応対してくれたが、かつての屈託のない笑顔とは言い難く、まともに目を合わせることもできなかった。

岡田にとっては腰掛け気分の会社だったが、前野には生涯骨を埋めるつもりの会社だったのだろう。出世も人並みの夢として抱いていたはずだ。そんな前野の様子に気付いていたのに、何故もっと注意してやれなかったのか。結局自分は、前野のことを他人事だと思っていたのではないのか。前野がいなくなってから、常に自問自答していた。思い返せば前野とは入社時からすぐに親しくなり、何かがあると一緒に愚痴をこぼしたり、冗談を言い合って過ごした。前野がいなくなってから、会社の中に同じように付き合える奴が一人もいないことを岡田は思い知った。更に意を決して助けを求めてきた奥さんを助けられなかったこともやりきれなかった。結局自分の無関心が幼い子供から父親を奪ってしまい、奥さんからは愛する人を奪ってしまった。一体、自分は何様なんだと自分を責めた。

事件以来すっかり無口になってしまった岡田を気にかけてくるのは、隣の席の荒井だけだった。

「岡田さん、今日はブルータイですかぁ」

どうでもいいことを話しかけてくる。岡田は答えない。

「今日は、クール推しですか！」

「くだらない」

岡田が不機嫌に返した。

「たまには笑ってくださいよぉ」

「そんなんじゃ笑えねぇよ」

岡田は荒井が自分を気にかけてくれていることには気づいていたが、素直になれなかった。

「だめかぁ。修行します！」

「修行はいいから、仕事しろ、仕事！」

「岡田さんのせいじゃないですから。そろそろ笑ってください。笑えば福が来ますから」

必死で励まそうとしている荒井の様子に、岡田は不覚にも吹き出しそうになってしまった。心なしか可愛く思えたからだった。

「あっ！　今、笑おうと思いましたよね？」

「思ってねぇし」

また岡田は仏頂面に戻った。

「いつまでも引きずってるんなら、前野さんに会ってきます?」

「はあ? お前何言ってんの?」

「会えるかもしれないですよ、前野さんに」

荒井が小声で岡田に耳打ちをしてきた。

「遂に頭……おかしくなった?」

岡田のツッコミを無視し、荒井がPCでメールを送ってきた。

「今、送りました。時間があるときに見てください。SNSでちょっと話題になってました」

荒井が送ってきたメールには本文がなく、URLだけが貼り付けられていた。荒井はもう話しかけてくることはなく、営業電話をかけ始めていた。いつも自分で会話を始めて、自分で幕を引くという変わった性格の女子だ。岡田はすっかりそのパターンには慣れており、荒井からのメールを軽く一読した後は、そのまま通常の業務へと戻った。

荒井のメールを改めて見てみようと思ったのは、家に帰ってからだった。会社のメールはいつでも確認できるように自宅のPCや携帯にも設定している。死んだ人に会えるという噂は馬鹿げていると感じたが、興味がないわけではなかった。荒井の情報網が馬鹿にできないと日頃から思っていたことも大きく影響していた。

改めてURLをクリックすると、（あなたに会えるごはん屋）というサイトへと誘導された。神秘的な森の風景とその中に佇むログハウスの写真を見て、すぐに魅了されてしまった。

——大切な人を亡くしてしまった方で、とても後悔している思い出はありませんか？

その方との思い出のご飯が、あなたを苦しみから解放します——

トップページに記載されている文章にも強く惹きつけられた。前野に対して後悔していることは山ほどある。そして思い出のご飯と言えば、カツなし丼。亡くなった人に会えるなどとは一言も書かれていないが、どうやって苦しみから解放してくれるのか興味をそそられた。胡散臭いと思える要素も沢山あるのに、何故か行ってみたいという気持ちの方が強かった。岡田は、そのまま予約ボタンをクリックし、予約を入れた。

思い出の料理名「カツなし丼」
必要な材料「カツの衣、卵、たまねぎ」
簡単なレシピ「カツが入っていない衣と玉ねぎを卵でとじた丼」
誰との思い出ですか？「親友」

予約当日、会社には有給休暇願いを出し、荒井には【行ってくるわ】とお礼のメールを入れておいた。

岡田はこれから向かうごはん屋のシェフ天国繁には、全く興味がなく知識もなかった。世間一般に流れてくるニュースには目を通しているが、天国という人物が突如行方不明になり世間を騒がせた事件から三十年以上も経過しており、当時生まれたばかりの岡田の記憶に残っているはずもなかった。岡田が好奇心を持っていたのは、どんなやり方で苦しみを取り払ってくれるのかということだけだった。霊感か、はたまた特殊な能力か、催眠術か。どんなやり方であったとしても前野に対する罪悪感のようなものが少しでも軽くなってくれるのならと期待していた。

サイトの写真と同じ風景が岡田の目の前に現れたのは、都心を車で出発してから三時間後のことだった。予約時間の十三時より三十分も早く到着したが、店の周りは何もない森の中で、店の中で待たせてもらうしかないのかと思いながら緩やかな坂を降りた。

玄関の紐を引いてベルを鳴らすとすぐに中から若い男性が出てきた。

「いらっしゃいませ。お待ちしておりました岡田様」

「すみません、三十分も早くて。大丈夫でしょうか？」

「どうぞ。わたくしシェフの天国です」

そう言って、天国が岡田を優しく迎え入れてくれた。岡田は自分と歳の差を感じない店主の風貌に驚いた。少なくとも自分より二十歳以上は年上のはずだが、と思いながら、店主の後ろを歩く。廊下を通り奥の部屋へと入っていくと広い部屋の中央に置かれた大きな木のテーブルがあり、その正面にある窓から見える圧巻の景色が視界に入ってきた途端、店主への違和感は消え去っていた。

「緑が美しい季節です」

天国が声を掛けた。

「窓が大きいせいか、素晴らしい景色ですね」

「どうぞお掛けください」

そういって、岡田の前におしぼりと水の入ったグラスを置いた。

「こんな山奥で営業されているんですね。お一人ですか?」

「ええ。猫はいますが」

天国が無難な答えを返してきた。岡田の質問は社交辞令的な質問で、特に天国に興味があるわけではなかった。今度は、天国が話しかけてくる。

「親友だった方を亡くされたのですね」

天国が続けて話してきた。

「過労死というのは、本当に残酷ですね。私も胸が痛みます」

岡田の体に緊張が走った。著名人でない限り申し込み者の情報から故人の情報は調べようがない。やはり特殊な能力を持っている者なのか? 岡田はまじまじと天国に見入っていた。

「少し早いですが、思い出のお料理を作らせていただきますので、お待ちください」

天国は岡田の驚きに何の関心もない様子でキッチンへと足早に去っていった。岡田はまだ驚いている。そして、本当に前野に会えるのかもしれないと思い始めていた。

しばらくして甘辛い醬油の香りが漂ってくると、岡田の目の前に前野と二人で行った蕎麦屋の光景がまるで映画の一場面のように見えてきた。カツなし丼を初めて食べた時の光景だった。二人が顔を見合わせて爆笑している。そして次に見えてきたのは、前野が亡くなる一カ月前、蕎麦屋で部長の話をしている光景だった。

「お前、なんかヤバいことやってないよな?」

岡田が小声で前野に訊ねている。

「ヤバくたって、俺はお前とは違うんだから、やるしかないんだよ」

「俺とお前は確かに違うよ。お前には守るものがあるだろ? だからヤバいならやるべきじゃない」

「守るためにやるしかないんだよ」

「なんでそういうことになるんだよ」

「お坊ちゃんのお前にはわかんないよ」

「やめろよ! その言い方。俺が一番嫌いなの知ってるだろ?」

前野は黙ったまま丼を頰張り、少しして口を開いた。

「じゃあさ、お前の親父さんの会社にコネ入社させてくれる？　今の俺を助けたいなら、それしかないんだよ」

岡田は前野の言い方に無性に腹が立った。自分は家が裕福なことを一度も自慢したことなどない。前野とも対等に接してきたと思っていた。それなのに、何故いつも前野は自分の境遇に劣等感を抱くような発言をしてくるのか、岡田にはわからなかった。

「勘弁してくれよ。俺の親父の会社だけど、俺の会社じゃねぇし。親父が俺の言うことなんて、聞くわけないだろ。部長の問題は他の解決策があるだろ？」

「あの部長から逃げるには、会社を辞めるしかないんだよ」

前野がぽつりと言って、そのまま先に店を出ていった。

これは、岡田が前野と昼食をとった最後の日の光景だった。今から思えば前野の様子が変わり始めた頃だった。滅多なことで怒らない前野が妙にイラつきを見せ、絡んできた。この日を境にお互いに連絡を避けるようになっていったのだ。岡田は前野のことが気になっていたが、また嫌な思いをする気がして面倒だった。前野が一人で苦しむ姿を想像し、一気に視界が涙で滲んだ。

辛さをこらえようと俯いた時、天国が出来上がった料理を運んできた。前野と行った蕎麦屋の丼と不思議なくらい見た目が一致していた。

「どうぞ、お召し上がりください」

天国の言葉に促され、岡田は箸をとった。衣に卵が絡んだところをすくいあげ、口の中に頬張る。少し甘味が強い醬油味のタレが柔らかい衣によく染みていた。油の甘味もクセになる。蕎麦屋のおやじさんが作ってくれる丼と全く同じ味が再現されていたが、そのことに岡田は驚かなかった。手の込んだ料理でもないため、再現が難しいとは思えなかったのだ。岡田が目を見張ったのは、二口目を頬張った時だった。正面の窓からオレンジの光が差し込んできた。目が開けられないほど眩しさを感じた瞬間、その光の中から前野の姿が現れた。口の中のご飯を飲み込むことも忘れ、ただ茫然としている岡田に向かって、目の前に立っているように見える前野が話しかけてきた。

「最後に一緒に食べたかったな」

岡田はまだ声を発することもできない。

「そんなに驚くなよ。怖くないから」

前野が笑っている。

「俺のことで自分を責めないでほしい。俺が岡田にもっと心を開いていたら、俺がもっと強かったら、変なコンプレックスを感じなければ……。後悔ばっかりなんだ」

ようやく岡田は前野との会話が現実なのだと受け入れることができた。口の中のものをゆっくり飲み込み、前野への第一声を発した。

「前野！　会いたかった。お前と話したかった。ごめん。俺、ずっとお前と仕事がしたかった。お前が苦しんでるのを知ってたくせに、何もしなかった自分が情けない」

「そんな風に思うなよ。俺もお前も素直じゃなかっただけ。俺はこの世界から消えたけど、お前は幸せになれよ」

岡田の顔が大きく歪み、目から大粒の涙が零れ落ちた。

「最後に一つだけお前に頼んでもいいか？」

岡田は涙を拭うこともせず、大きく頷いた。前野が言う。

「息子の成長を見守ってほしい。あいつが大人になった時、俺がどんな会社で頑張って、どんな風に死んでしまったのか、真実を説明してやってくれないか」

「わかった」

「参考にするなと、一言忘れるなよ」

前野が笑っている。

「もう会えないのか？　お前に……」

岡田は前野に思いをぶつけた。

「思い出してくれれば、いつでも会えるさ。お前に俺の声は聞こえないと思うけど、俺はお前の心の声は聞こえるんだよ。だから今ならお前の愚痴も余裕で聞いてやれるよ」

「わかった。お前がうるさいと思うぐらい話しかけてやるよ！」

岡田がやっと笑顔になれた時、前野の姿が徐々に薄らいでいった。最後の最後まで穏やかな笑顔を見せたまま、遂には温かな光の粒となって消えていった。そして岡田は我に返ったように冷めてしまった目の前の丼を完食した。

「ごちそうさまでした」

岡田は箸を置くと、天国に向かって深々と頭を下げた。

「心を許しあえる友達の存在はかけがえのないものだと思います。思い出のご飯が少しはお役に立てたでしょうか？」

「はい。前野との思い出がよみがえりました。前野がここにいたような気がします」

天国は優しい表情で岡田を見つめていた。

天国のノートの右上に２８２と数字が書き込まれた。天国に課せられた人数まであと七十六人。そして残り十年。あの不思議な出来事の日から一度もあの人物には会っていない。彼が言ったことが真実なのか、それすらも天国には確かめる術がなかった。ただ、この店を訪れる客の過去が見えてしまうという能力を与えられた事実だけは疑いようもないことだった。

第五話　五目寿司

三十歳を目前に控え、念願の結婚がやっと決まった石原優香《いしはらゆうか》は、これから生涯のパートナーになる衛《まもる》の誕生日を祝うため、準備に忙しくしていた。大学の先輩、後輩として知り合ってから九年間、ずっと彼の誕生日に作り続けているのが五目寿司だ。

彼のマンションに届ける十八時まで、あと三時間。仕事を半休にして、急いで家に戻った優香は気忙しくエプロンをまとい、台所で材料を刻み始めた。油揚げに、戻しておいた干し椎茸、人参、いんげん、黄色のパプリカをみじん切りにしていく。刻んだ材料を鍋に入れ、甘辛い煮汁で煮込み始めると、炊飯器の中のご飯を飯台に移し替えた。朝出かける前に予約しておいた炊飯器には、少し硬めにセットした米がいい具合に炊き上がっていた。湯気が立つ米をうちわで仰ぎながら、素早く生姜とすし酢を入れて混ぜ合わせ、香りづけに柚子酢を入れる。まだ熱い酢飯を少しだけ口の中に入れ、味見をしてみる。甘味と酢のバランスは問題ない。柚子の香りが少し足りない気がして、もう一度柚子酢を振りかけた。そして、ふと思いつき、冷蔵庫の中に残っていたジャコを入れる。これでカルシウムも投入できたと優香は妙な満足感を覚えた。煮込んでいた具材の煮汁がなくなりかけたところで火を止め、酢飯に混ぜ合わせる。土台となる酢飯が完成した。ふと台所の壁に掛かった時計が四時を回っていることを確認し、スポンジケーキの丸い型を取り出した。型が崩れないようにしっかりとご飯を詰める。昨晩作っておいた錦糸卵、きゅうりの千切り、紅ショウガといった具材を冷蔵庫から出し、酢飯の上に彩りよく並べた。衛のマンションまで型に入れた状態で運ぶので、そのままますっぽりとケーキ用の正方形の箱に収める。やっと気忙しさから解放された優香は、冷蔵庫から買いだめしている水のペットボトルを取り出し、一気に半分飲み、一息ついた。優香のマンションから衛のマンションまでは車で三十分ほどだ。途中でワインを買いに立ち寄っても余裕の時間だなと思った。

【ワインは買っていくね】

優香が衛にメッセージを送る。

〔サンキュー〕

仕事中の衛からすぐに来た返信を見て、優香に笑みがこぼれた。

優香と衛は大学卒業後、同じ職場に就職し、ずっと社内恋愛を続けてきた。優香が入社して三年目までは周囲に秘密にしてきた関係も、四年目からは特に隠すこともなく公にしていたから、仲の良い社内の仲間からは、「まだ結婚してなかったっけ？」などとからかわれる始末。クリスマスイヴに行われる結婚式まであと三カ月。今日が独身最後の衛の誕生日とあって、これまでとは違う特別感を味わう日だと思っていた。

予定していた時間の三十分前に衛のマンションに到着した優香は、合鍵で中に入ると、寿司が入った箱とワインをダイニングテーブルにおいて、いつものように脱ぎ捨てられた服を片付け始めた。

付き合いが長い二人には一緒に暮らす選択肢もあったが、どちらからともなく結婚前の同棲はやめようと、それぞれプライベートの空間を別々に持っている。それもあと二カ月で終わる。結婚式の一カ月前には、新たに購入したマンションへの引っ越しが決まっているからだ。優香のマンションは賃貸だが、衛のマンションは親から買ってもらったもので、このマンションを売ったお金を頭金にして二人の新居を購入した。学生の時からずっと通っていた彼の部屋もそろそろ見納めかなと、衛の帰りを待ちながら感傷的な気分で部屋を見回していた。

その優香の視線がリビングのテレビの横に無造作においてあった一枚のカードで止まる。ケーキ屋のショップカードだった。小麦アレルギーの優香は絶対にケーキが食べられない。衛とも一緒にスイーツを食べたことがない。何故そこにショップカードがおいてあるのか、少し不思議には思ったが、さほど気にもとめずTVの電源をつけ、配信ドラマをBGM代わりに流そうとアクセスした。ふと視聴中のコンテンツに韓国ドラマを見つけ、違和感を覚えた。五話の途中まで視聴中になっている画面を眺めていると、玄関からドアを開ける音がして、衛の声が聞こえた。

「オンタイムだろ!?」

突然の声に驚いて廊下の方に視線を動かすと、笑顔の衛が立っていた。優香は取り立ててやましいことをしていた訳でもないのに、見てはいけないものを見てしまったような気がして、笑顔になれなかった。そんな優香に衛が不思議そうに質問した。

「どうした? 何かあったの?」

「別に。いきなり声が聞こえたから、びっくりしただけ」

優香は咄嗟にTVを消し、立ち上がると台所に向かった。

「用意はできてるから、着替えてくれば?」

衛はテーブルの上にある正方形の箱を見て、反応した。

「えっ⁉ ケーキ？」

「違う。ケーキに見えた？ ごめんね。いつも同じで」

「そうだよな。優香はアレルギーなんだからあり得ないでしょ、ケーキは。僕は、五目寿司の方が嬉しいんだから、気にするな」

そう言って衛はリビングの奥にある寝室に行った。優香は、衛が気楽な部屋着姿で戻って来るまでに五目寿司ケーキに蠟燭を立てておいた。毎年、恒例行事のように二人は蠟燭の火をはさんで向き合い、衛が火を吹き消した後、白ワインで乾杯をする。そこからは、普通に二人だけの食事が始まる。付き合い始めてから九年間、衛の誕生日はいつも同じだった。

それは初めて優香が衛の誕生日を祝った時、衛はケーキが食べられない優香の事情を知った。驚いたり、残念がったりという優香の予想を裏切り、衛は笑顔で答えた。

「気にしなくていいよ。僕は人混みが苦手なんだ。誕生日の度に人気のケーキを食べに行かなきゃってことにならないなら、逆に嬉しいよ」

そんな衛のために優香が考えたのが、手作りの寿司ケーキだった。

誕生日の食事が始まってしばらくして、気になっていたカードのことを優香が訊ねた。

「ねえ、あのTVの横においてあるケーキショップのカードってどうしたの？」

「えっ？　ああ……、会社で俺がケーキを買うことになってさ……。ほら、水野《みずの》の誕生日に」

「ああ、水野くん。先月だったよね？」

「そうそう」

「男たちだけの誕生日会とかって言ってたよね。ケーキ食べたの？　男だけで？」

優香がそう言って面白そうに笑った。

「水野も、他のメンツもケーキ好きだよ。俺も別に嫌いじゃないし」

「そうなんだ。じゃあ、今度からケーキも買ってこようか？」

優香が申し訳なさそうに答えた。

「それはどっちでも。別に自分の誕生日にケーキは是非ものじゃないから」

衛が笑っている。その笑顔を見て、優香の中から一つの不安が消えた。

「ねえ、衛さんって韓国ドラマ見るの？　意外なんだけど……」

衛の表情が少し動いた。

「何の話？」

「さっき、衛さんが帰るまでドラマでも見ようかと思ってNetflixにアクセスしたら、視聴中のところに韓国ドラマを見つけて、ちょっとびっくり」

優香は笑顔で話している。衛は無言で寿司を頬張った。

「しかもあのドラマって復讐ものでしょ？」

口の中のものをゆっくり飲み込んで、衛が答える。

「水野がヤバいぐらい面白いって。興味本位で見てたんだよ。見てみる？」

「そうなんだ。男性の間でも話題になってるんだ。九年も付き合ってるのに、まだ知らない衛さんがいたなんて、新鮮！」

優香が茶化すように笑った。

「何だよそれ！　俺だって優香のこと全部知らないかもだし……」

「かも……なのね」

二人は視線を合わせて笑った。

「あと二カ月で引っ越しだね」

感慨深くなり、優香は言った。

「ああ。この時期になるとマリッジブルーとやらになるらしいけど、優香はどうなの？」

衛が笑っている。

「ないない！　全然ない」

「そっか。僕たち長いし、むしろ結婚したら拠点が一つになって便利なだけだよな」

「その合理主義的な答え、どうなの？」

「合理的も何も、本当のことだろ？」

「まっ、いいけど。来週には招待状ができてくるから、発送とか色々忙しくなるかもね」

「僕の方はリスト渡してあるだろ？　頼む！」

子供のように無邪気に手を合わせる衛の姿を見ながら、優香はただ幸せを噛みしめ笑っていた。

翌朝は衛の家からの出勤だったが、二人は時間差で別々に部屋を出た。優香は、すし詰め状態の地下鉄の車内で、今日の仕事を確認する。大手広告代理店に勤務する二人の部署は全く異なる。衛はシステムエンジニアの技術職で、社内のインフラやシステムを管理する部署。優香は人事部で一般事務系の仕事をしていた。同じ人事部には、同期の藤田《ふじた》のぞみと、一つ下の後輩、工藤綾乃《くどうあやの》という仲良しがいる。三人はどこに行くのも一緒で、公私の垣根もなく仲が良い。混みあう車内で、隣に立つ男性の息をかわすように俯いたままの優香が携帯を見ていると、ＬＩＮＥの着信を告げるポップが立ち上がった。のぞみと綾乃の三人で使っているグループＬＩＮＥだった。

〔おは！　今日も隣にウザいおやじ。回避中！〕のぞみの書き込みに思わず笑う優香。

【同じく。こちらは、少し若いが……。】

〔先輩、大変そうですね。私はもう会社です〕綾乃が入ってきた。

【はや！　なんで、今日何かあった？】

〔早く目覚めちゃっただけです〕

〔優香さまは、バースデー明けの幸せな朝なんじゃない？〕のぞみが茶化してきた。

【いつもと同じですー】

〔あっ、そ！　もっとラブラブでよくない？　ブルーきちゃった？〕

【ブルーもない。ふつう】

既読が1のまま、車中の暇つぶしの優香とのぞみのたわいのないやりとりが続いた。綾乃は見ていないようだった。

それから二十分後、三人は人事部で対面し、始業までランチの相談に時間を費やした。

ランチは、会社近くに最近できた和食の店を選んだ。昼休みは基本一時間だが、入社七年目近くになると部長の目だけ気にしていれば、他からはさほどうるさく言われることもなかった。

店は混みあっていたが、並ぶほどでもなく、感じの良い店員が奥の席に案内してくれた。三人の席の手前に、衛と同じ部署にいる水野が同僚と座っているのを見つけ、優香が声をかけた。

「水野さん！」

「ああ、石原さん。もうすぐだね、式。楽しみにしてるよ」

「ありがとう。水野さんも遅ればせながら、お誕生日おめでとうございます」

優香が笑顔で言うと、水野が不思議そうな顔を見せ、答えた。

「俺？　誕生日？　一月だから来年なんだけど……」

優香は戸惑ったが、咄嗟に誤魔化した。

「ごめんなさい。私の勘違い！　来年でしたよね」

「幸せボケってやつか？」

水野が笑っている。優香は、苦笑しながら軽く会釈し、奥の席へと移動した。優香は衛との会話を思い出していた。確かに衛は水野の誕生日だと言っていた。どういうことなのか。不審に思い黙っていると、綾乃が話しかけてきた。

「水野さんて先月誕生日なんですか？　乙女？　天秤？」

「乙女なら綾乃と一緒じゃん」

優香が答える前に、のぞみが割り込んできた。

「水野さん、一月だった。私の勘違い……」

釈然としないような雰囲気が伝わったのかのぞみが反応する。

「どした？　何か気になることでも？」

「別に！」

優香は頭の中の疑念を振り払うように強い口調で答えた。のぞみが一瞬、訝し気な表情を見せたが、すぐに優香の結婚式に話題を変えてきた。

「式の準備は順調？　あと三カ月でしょ？　手伝うこととか……さすがにないか……。引っ越しはいつ？」

「ありがとう。引っ越しは十一月下旬かなぁ。家賃を十一月一杯まで払っちゃうから」

「手伝うから日程決まったら教えて。綾乃も手伝えるよね」

綾乃が黙って頷いた。

「優香も遂に独身おさらばかぁ。次はママになる？」

のぞみがからかった。

「なんも考えてない。付き合いも長いし、あんまり実感なくて。でも子供は欲しいかな」

優香は答えた。

「仕事は辞めないでしょ？」

「できれば続けたい。専業主婦は向いてないかなぁって思うし」

「家に入るとか、やめた方がいい。仕事してる方がいいって。独身の私が言うのも変だけど」

のぞみがそう言って笑った。綾乃はずっと黙ったままだった。

「綾乃、何か今日、大人しくない？　人の結婚であんたがブルーになった？」

のぞみが今度は綾乃を茶化すと、三人の食事が運ばれてきた。

「美味しそう」

綾乃はのぞみのツッコミには答えず、料理の感想だけを言った。その綾乃の一言を皮切りに、三人はランチにしては少し贅沢感のある和食の懐石弁当を楽しんだ。


その日家に帰ってからも、優香は昼間の水野との会話が気になっていた。衛は確かに水野の誕生日にケーキを食べたと言った。でも水野の誕生日は来年の一月。ならば、衛は誰を祝ったのだろう。衛は何故そんな嘘をついたのだろう。付き合い始めて九年、衛の嘘に気付いたのは初めてのことだった。すぐに衛に電話をかけてもう一度聞きたかったが、顔を見ながら話したかった。眺めていた携帯から、ため息とともに視線を外した。誕生日のことが嘘なら、韓国ドラマの話はどうなんだろう。昨日の会話で衛の言い方に違和感はなかったが、改めて思い返すと無理がある説明にも思えてくる。優香は、会社で何気なく水野に確かめることにして、眠りについた。

ランチタイムに水野と会ってから二日後、やっと社内で優香は水野に話しかける機会を得た。社員食堂の自販機でコーヒーを買おうとしている水野を見かけたのだ。優香は水野に近寄ると、さりげなさを装い話しかけた。

「休憩ですか？」

後ろから聞こえてきた声に少し驚いたように水野が振り向いた。

「おっ、石原さん。君も休憩？」

「ですね。年末に向かって、何か気忙しくて」

「気分的になんだろうけど」

自販機からコーヒーを取り出しながら、水野が答える。今なら自然に聞けると優香は思った。

「そういえば、水野さんて韓国ドラマ好きですか？」

「女子ほどではないかもだけど、話題作は見ることあるよ」

「そうなんですね。ジャンルは？」

優香も自販機からコーヒーを取り出した。

「うーん……。サスペンスかなぁ。なんか面白そうなのある？」

「復讐ものとかは好きじゃないですか？　『欲しがる女』はかなり話題作ですけど」

「それ見たことないな。今度チェックしてみるよ」

水野がサスペンス好きだと答えたところから、優香は心ここにあらずだった。衛の二つ目の嘘が確定したからだ。水野には自分の動揺を悟られないよう、自然に振る舞いその場を立ち去ったが、自分の席に戻るまでずっと手の震えが止まらなかった。

「優香、顔が真っ青だけど。どうした？　大丈夫？」

席に戻った優香に気付いたのぞみが声をかけてきた。無理矢理笑顔を作り大丈夫だと答えたが、自らの意思に反して目から涙がこぼれ落ちていた。ただ事ではない空気を感じとったのぞみが、すぐに優香を立ち上がらせ、化粧室まで連れていった。化粧室に入った途端、全身の力が抜け落ちてその場に崩れ落ちそうになる。

「優香、何があったの？　今日は早退した方がいいんじゃない？」

のぞみの声も耳に入ってこなかった。十五分ほど経過しただろうか。やっと冷静さを取り戻せた気がした。

「ごめんね、のぞみ。今日は帰るわ。寒気がするから風邪でもひいたのかな」

「とにかく顔色がよくないから、タクシーで帰った方がいいんじゃない？　呼ぶよ」

「ありがとう。そうするわ」

優香は詳しいことを聞こうとしないのぞみに感謝していた。のぞみは昔から空気を読むのが上手い。余計なことを聞かず、出しゃばらず、それでも肝心な時はいつも助けてくれた。のぞみに支えられながら席に戻ると、優香は荷物を持って退社した。正面玄関まで送ってくれたのぞみの姿が見えなくなってから、タクシーの運転手に行先の変更を告げた。自宅ではなく、衛のマンションへと向かった。

衛の部屋に入ると、突然怒りが込み上げてきた。まだ衛に何を確かめたわけでもないが、平然と嘘をついて何かを誤魔化したことが許せなかった。そして嘘をついた理由が女だと優香は勝手に確信していた。これがいわゆる女の勘というものなのだろうか。優香はリビングのソファーに腰を下ろすと、大きく深呼吸をし、今度はどうやって真実を暴き出そうかと考え始めた。泣きわめいて衛にすがったところで、きっと本当のことは言わないだろう。愚問だけはしないと心に決めた。冷静に事実だけを突き詰めていけばいい。衛が自分との関係を壊したくないのであれば、真実を話してくれるだろう。結婚を目の前に気の迷いで遊んでしまっただけだと信じたかった。

優香は思い立ってリビングルームを物色し始めた。衛の誕生日に見たケーキ屋のカードを探した。あの日は無造作にTVの横に置かれていたが、もうそこにはなかった。次にキッチンに移動した。冷蔵庫の横のゴミ箱を無意識に開けてみる。優香の動きが止まった。視線がゴミ箱の中にくぎ付けになった。ケーキに使われているフィルムとアルミホイルが捨てられてあった。二個分だった。一番上に捨てられているということは、最近のゴミだ。衛が一人で二個のケーキを食べたという可能性がゼロではないが、考えにくい。優香は、衛の背後に隠れている女性の存在へと固執していく。

ケーキを買ってきた時の紙袋が捨てられていないことに気づいた。買い物袋を保存しておく衛の癖は昔からだ。もちろん優香にはその保存場所がわかる。寝室のクローゼットの中に溜めてあるショッピング袋の中に、予想どおり店の袋がおいてあった。そして、神が優香に味方をしているように、袋の中にはショップカードが残ったままだった。優香は店の住所を確認した。すぐ近所にあるケーキ屋だった。衛に気付かれないように袋を元の場所に戻し、またリビングに戻った。

今度はTVの電源を入れ、Netflixの画面に進む。視聴中コンテンツのトップになっている韓国ドラマを選択した。誕生日の日、五話の途中まで視聴中だったが、八話まで進んでいる。

優香は推理し始めた。誕生日が三日前。ケーキを食べたのが昨日だとすると、昨日の夜に三話分を視聴したということか。定時で退社して、ケーキを買って家に帰る衛。家でケーキを食べたということは、夕飯は外食ではないだろう。七時半から食事をして、デザートを食べ、それから一話が約四十分超えのドラマを三話見ると二時間以上かかる。誰かと一緒なら、ゆっくりと食べているはずだ。かかった時間を単純に足しても終電近い時間になる。それから客を送っていくだろうか。考えたくはなかったが、この部屋に泊まったのではないかという自分の想像を、全面的に否定したかった。

しかし、そんな思いとは裏腹に優香の足は寝室へと再び向かう。昨晩のことならば、シーツを取り替えたり、枕を取り替える余裕は衛にはなかったはずだ。優香は恐る恐る枕に鼻を近づけてみた。自分とは違う残り香を感じた。二つ並んだ枕の間からは、自分とは違う茶色の長い髪の毛も見つけてしまった。優香は、そのままベッドに座り込んだ。一粒の涙も出てこない。思考が止まり、ただ茫然と意味もなく一点を見つめていた。

どのぐらいの時間が経過しただろう。徐々にこの後どうするべきかと、優香の頭の中が動き出した。壁の時計を見ると、十七時半を回ろうとしている。優香はあわてて衛にメッセージを送った。

【今日、外回りの仕事だったからそのまま衛さんの家に行っちゃうね。招待状の相談もあるし】

衛と対面してどうするつもりなのか、優香には何の策もなかったが、とにかく自分が今衛の家にいることが不自然にならないよう、衛が真っすぐ家に帰るよう、先手を打った。

〔わかった。できるだけ早く帰るわ〕

数分後には、衛から無難な返事が返ってきた。

【ちょっと疲れたから、ご飯作らなくていいよね？　お寿司でも注文しとくね】

衛が定時に会社を出たとしても家に帰ってくるのは十九時頃だ。それまでの間に、優香は心の整理をしておきたかった。

〔寿司！　贅沢だけど、テンションあがるわ！　残業だから、八時ぐらいかな、帰るの〕

【了解】

返信に既読がついたのを確認すると、天井を見上げながら考え始めた。衛の相手は誰なのか。フローラルな香りを身にまとったロングヘアーで茶髪の女。全く想像がつかない優香だったが、その残り香に不思議な親近感を覚えていた。

優香は、時間通りに到着した寿司をダイニングテーブルに置き、衛の帰りを待った。

衛は予定より三十分遅れて帰ってきた。

「寿司、届いてた？　ごめん、すぐに着替えてくるから」

衛は優香の視線を避けるように、足早に奥の寝室へと向かっていく。目の前を通り過ぎていく衛から、あの香りが漂ってきた。優香は胸の鼓動が高鳴るのを感じながら衛を追いかけた。衛がベッドの上に脱ぎ捨てた背広を手にとった瞬間、その香りを強く感じた。遅かったのは残業のせいではないと、その時優香は確信した。昨晩会った女と、また会ってきた。一体何故？　込み上げる怒りを必死でこらえ、クローゼットにスーツを片付けると無言で台所に戻った。今度は、部屋着に着替えた衛が優香を追いかけるように台所にやってきた。

「遅くなってごめん。食べようか」

笑顔で話す衛だったが、どこかぎこちない。決して優香と視線を合わそうとしない。明らかに違和感を覚えさせる行動だった。優香はダイニングテーブルに座り、ゆっくりと衛のグラスにビールを注ぎながら口を開いた。

「衛さん、結婚式はキャンセルにしましょう」

よそよそしい優香の言い方に、衛の顔から血の気が引いていくのがわかった。

「優香、今、何て言った？」

「結婚、やめましょう」

「突然、何なの？」

衛は、少し苛立っているようだ。

「突然……。そうね」

「理由を言えよ」衛の口調は強い。

「理由……。全部言っていいの？」

怒りを露わにしてきた目の前の衛を見つめている自分が急に哀れに思えてきた。悪いのは私ではない。裏切ったのは目の前の男だ。それなのに逆ギレしようとしている。

今、自分は、きっと鬼のような顔をしているのだろう。

「水野さんと食べたのではないケーキを昨日も食べた。水野さんが知らない韓国ドラマを見て、甘い香りの女とあのベッドで過ごして、私には残業だとまた嘘をついて、今日もその女に会ってきた」

優香は自分の推理をそのまま事実のように淡々と述べた。衛は、絶句している。

「相手の女は誰？　いつから私に嘘をついてたの？　今日会った理由は何？」

今度は質問攻めだ。

「何言ってるんだ？　僕が浮気をしてるって言いたいの？　他に女がいるって？」

シラを切る衛の表情は既に青ざめている。

「私も否定したい。でも否定できる事実が何もない」

優香がそう言い終えた時、玄関のチャイムが鳴った。何も考えられなくなっているのか聞こえていないのか、衛は動く気配を見せなかった。優香が立ち上がり、インターホンに向かう。そしてモニターを見た瞬間、その信じがたい光景に体が固まった。モニターに映し出されていたのは、綾乃だった。その瞬間、香りに感じた不思議な親近感の理由が分かった。あの残り香はいつも隣の席から匂ってくる綾乃の香りだ。茶髪のロングヘアーも一致する。そして何よりも、今、見えている光景が二人の関係を裏付けている。優香はロックを解除し、綾乃を中に入れた。

リビングに入ってきた綾乃の姿を見た衛は、驚きながらも完全に開き直っていた。綾乃は優香を見ても驚く素振りも見せない。優香がいることを想定していたのだろう。優香はこれから訪れる修羅場の結末など考える術もなく、駆け引きせず綾乃と向き合うことを覚悟した。衛が答えないのなら、綾乃に答えさせるしかない。

「綾乃。どうしてあなたがここに来たのかは聞かない。それよりも衛さんといつから付き合っているのか正直に教えて。そのぐらいの覚悟があって、来たんでしょ？」

衛が綾乃の顔を見ながら、ゆっくりと首を横に振っているが、綾乃は無視を決めた。

「優香先輩、ごめんなさい。もう四年になります」

優香が想像していたよりも長かった。優香はまだかろうじて冷静さを保っている。

「私たちの結婚を止めさせようとしているの？　それとも結婚までの遊び？」

「私はどちらでもいいんです。今、お腹にいる子供を認知してもらえれば……」

優香は怒りに震え始めた。

「子供？　ごめんなさい？　今更謝って何になるの？　あなたの自己満？　冗談じゃない！」

衛はただ黙ってうなだれている。綾乃が優香の興奮を煽るように歯向かってきた。

「今まで衛さんは独身だったんだから、誰と付き合おうがいいんじゃないですか？　子供は予想外だったんです。私たちにも……」

さほど動揺もせず自分の主張を言葉にする綾乃に優香は寒気を感じた。自分さえ良ければ、他はどうでも良いのか。そしてこんな女のどこがよくて衛は四年も付き合っていたのか。

「認知!?　あり得ないでしょ！　すぐにおろして！」

優香の怒号に衛が反応した。

「命を……、僕の子供を簡単におろすとか言うな！」

「僕の子供？　じゃあ、私を捨てて、綾乃と結婚すればいいでしょ！」

「そんなことは言ってないだろ⁉」

「私にこの女の子供と兄弟になる子供を産めっていうの？　あり得ない！」

今度は綾乃の方に向かって叫んだ。

「毎日、私の横で、嘲笑ってたんだ！」

優香の心は均衡が崩れていた。咄嗟に綾乃の髪の毛に摑みかかる。

「先輩、止めてください。見苦しいです。先輩には魅力があっても刺激がなかったんです！」

衛があわてて止めに入るが、三人の取っ組み合いになった。そして優香は背後から衛に力ずくで引き離され、一瞬よろめきながら後ずさりをした。再び綾乃につかみかかろうとしたが、衛が綾乃の前に立ちはだかっていた。それは綾乃をかばうような姿勢に見えた。優香はいてもたってもいられず絶叫しながら、部屋を飛び出した。外はいつの間にかどしゃぶりの雨が降っていた。裸足で外に飛び出した優香を衛が追いかけ、更にその後ろを綾乃が追う。マンションを出て駅の方に向かって走る優香が大通りに出ていった瞬間、タイヤのスリップ音が鳴り響き優香の体がその音とともに「く」の字に折れ曲がり宙を舞った。大型トラックが停車している前には、まっ赤に染まった優香の体が雨に打たれていた。

「石原優香。君の死は突然の悲劇だが、まだ事実を受け入れられないかね？」

優香は何もない真っ白な空間で膝を抱えて座り込んでいた。目はうつろで、何もない世界の一点を見つめている。全身黒服の男が自分の傍らに立って、自分を見下ろしていることは分かっていた。

「そろそろこの世界から出ようじゃないか。こうしていても元には戻れないのだから」

「わたし、死んだのですか？」

優香が男を見つめたまま、口を開いた。

「君がいた世界から見れば死んだことになる」

「ここはどこですか？　天国？」

「天国……。その呼び名も君がいた世界がつけた名前だが、ここは天国への入り口とでも言っておこうか」

「あなたは、誰？　神様？　天使？」

男が静かに笑った。その笑い声を聞いて、初めて優香は男の顔をまじまじと見た。五十代半ばぐらいで、優しそうな顔をしている。優香は自分の傍らに立つ人物を見るまで、長く伸びた髭や白髪を勝手にイメージしていたが、完全に外れていた。

「案内人とでも言っておこうか」

「この先に天国があるのですか？」

「次の扉を越えれば、君たちが天国と呼びたがるところに繋がっているが、いつまでもここに留まっていると扉の向こう側が辛い場所になってしまうだろう」

「地獄とか……？」

「まあ、それも君たちがつけた名前だがね」

男が静かに答え、更に言葉を繋いだ。

「自分で立てるかね？」

優香は男に聞かれて、その場で立ち上がろうとしたが、体が思うように動かない。

その様子を見ながら男が更に話しかけた。

「私は君に手を貸すことはできない。君がまだ君のいた世界に未練を残している限り、立ち上がることができないんだ。突然死んだということだけではなく、君自身が自分の死に納得できていないのだろう?」

「何故、私が死ぬの? 死ぬのは私じゃなくて、あの人たちなんじゃないの?」

優香は昂ぶり、取り乱した。

「君は覚えているかね? 雨の中を走りながら、君が自分の意思で車の前に飛び出したことを」

優香は驚いて男の顔を見つめた。

「君はあの一瞬、死にたいと思っていたんだよ。だから死神にスキを与えた。でも君は本心から死にたかった訳じゃない。だからあの世界に未練を残してしまい、ここから出られないんだよ」

「もう戻れないんでしょ? じゃあ、私はどうすれば立ち上がれるの?」

「君がさっき言ったあの人たちへの怒りを断ち切ることだ」

「案内人……さん」

優香は男をそう呼んだ。

「あなたは、人間じゃないから何でもわかるんでしょ? 今、あの人たちはどうしてるの? 不幸になった? 私が死んで喜んでるの?」

矢継ぎ早の質問に男が苦笑している。

「あの二人がどうしていればその怒りが治まるんだ?」

「当然、不幸になってほしい」

「本心かね?」

「幸せになるなんて、あり得ない。私は死んだのよ。罰を受けるのは、あの人たちでなければ、おかしすぎる!」

男は静かにため息をつき、しばらく考え込んでいたが意を決したように、答えた。

「君のケースは特例になりそうだが、君をこのまま放置することもできないし、地獄とやらに送ってしまうのも違うだろう。もう一度だけ、あの二人に会うかね?」

優香は静かに頷いた。


男が徐に両手を広げると、突然優香の目の前に自宅にいる衛の様子が映し出された。

「今、君がいた世界は君の葬儀が終わって一カ月が経過している」

男が説明してくれた。優香は黙って衛を見つめる。部屋の中に散乱した酒の瓶に埋もれるように、無精ひげを伸ばし落ちぶれた衛を目にして複雑な気分になった。

「このままだと、彼もあの世界から離れることになるかもしれないな」

男はそう言うと、もう一度両手を広げた。今度は、白いベッドの上で横たわっている綾乃の姿が見えた。病院の一室のようだった。

「入院してるの？」

「そのようだな。子供は消えてしまった」

「そう……。罰を受けたのね。綾乃は……」

「そう思うのかね？」

「違うの？」

「それは、会って確かめなさい」

ある夜、いつものように天国は客の記録を綴っていた。机の上に一緒に暮らしている白猫がやってきて天国を見つめるように座る。何か言いたいことでもあるのだろうか。天国は珍しく猫に微笑みながら声を掛けた。

「どうした？　何か言いたいことでもあるのか？」

猫の丸い瞳が輝いたように見えた。そして天国の言葉に反応するかのように猫は小さく頷き、言葉を発した。

「天国くん、申し訳ないが少し特例のケースをお願いしたい」

天国は驚いたが、すぐに思い出した。ログハウスで初めて出会ったこの猫が最初に話しかけてきた不思議な夜を。空虚な日々を送っていた天国がごはん屋を始めたのは、この猫に言われたことがきっかけだったのだ。

「お久しぶりです。あなたが話せることを忘れていました」

「最後の日まで、君に話しかけるつもりはなかったのだが……」

「特例とは?」

「この店のルールに反するが、今回は二人をもてなしてほしいのだ」

「まだ申し込みは入っていませんが……。誰ですか?」

「申し込みも特例で……。私が二人の客をここまで誘導するから、後を頼みたい」

猫の口から衛、綾乃、優香の名前と、思い出の料理は(五目寿司)だということが伝えられた。更に、今回は生きている者の後悔ではなく、死んだ者の後悔の念を浄化させるという依頼だった。

白猫の特例依頼から数日後、一組の男女がごはん屋のベルを鳴らした。シェフの天国は二人を迎え入れ、奥の部屋の大きな窓が見えるテーブル席に案内した。二人が着席すると、男の客がその瞬間を待ちわびていたように口を開いた。

「石原優香という女性から招待状をもらったのです。彼女は、一カ月前に亡くなりました。どういうことなんでしょうか？」

天国は微笑んでいるが、質問には答えない。今度は女の方が口を開いた。

「このお店のサイトで見たんですが、ここは大切な人との思い出のご飯を食べる場所なんですよね？　優香先輩が予約したんですか？」

「ええ。石原優香さんからご依頼があり、斎藤衛さん、工藤綾乃さんのお二人には私から招待状をお送りしました。石原さんのお名前で」

「優香が生前に予約したということなのですか？」

男が聞いてきたが、天国は笑みを浮かべたままその質問には答えなかった。

「お料理は五目寿司をオーダーされていますので、少々お待ちください」と、それだけ言ってキッチンへと向かった。

白い空間に浮かび上がるスクリーンのようなもので、優香はごはん屋に入ってきた衛と綾乃の様子を見ていた。二人とも全く覇気がなく、憔悴しきっている。

「料理ができるまで、この二人に何の映像を見せたいかね？」

「私は、二人の本心が知りたい。今、何を思っているのか……」

男が両手を広げた。

「まずは、男の方からだな。君の心を読ませてもらった」

もう一つ別のスクリーンが現れ、優香が事故に遭う三日前、誕生日の夜の光景が映し出された。そして同じ光景を衛と綾乃も見ている。衛は一瞬目を背けるように俯いたが、やがてその映像を見つめながら静かに泣いていた。衛さんが泣いている。そして、隣に座る綾乃の顔も歪んでいた。

次に映し出されたのは、会社の昼休みにのぞみと三人でランチをしたり、飲み会に行ったりした優香と綾乃の光景だった。綾乃は口を一文字に結んだまま、何かに耐えているような表情を見せている。そして、最後に衛と綾乃が衛の部屋で過ごした夜の光景が映る。こらえていた涙が零れ落ちた時、優香のいる空間に衛の叫び声が響いた。

「止めてくれ！　僕が悪かった、悪かったのは僕だから……」

頭を抱えて俯く衛の前に、店の人らしき男性が五目寿司を運んできた。今年の誕生日に優香が作った寿司のケーキと全く同じ飾りつけだった。

「これ以上、優香さんを苦しめないためにも、お二人はこのケーキを食べなければなりません。そして、優香さんに会うのです」

男性が強い口調で二人に向かって告げている。俯いていた衛が顔を上げた。寿司から目を背けていた綾乃も料理を見つめている。二人は自分の意に反し、誰かに誘導されているかのように箸に手を伸ばし、寿司を頬張った。その瞬間、優香の体をオレンジの光が包み込み、その場に浮き上がらせた。目が眩むほどの強い光を放ち、優香の体は瞬時に衛と綾乃の目の前に移動した。

「私が二人を呼んだのよ」

優香は自分でも意外なほど冷静な口調で言った。綾乃は恐怖に歪んだ表情を見せている。一方、衛は優香を懐かしんでいるようだった。

「二人にもう一度会えたら、何を話そうかとずっと考えてた」

「優香……。僕は何も言えない。何を言えばいいのか、わからない。お前がいなくなるなんて、考えてもいなかった」

「衛さん、私はもう衛さんのいる世界には戻れないし、戻りたくないの。だから私のことは忘れてください。私も忘れたいから……」

優香は衛にそう言うと、今度は綾乃に話しかけた。

「綾乃、あなたはまだ自分が悪いって思ってないのね」

「優香先輩、私はただ衛さんが好きだっただけです。不倫をしたわけでもないし。それに優香先輩から衛さんを取り上げようなんて思ってなかったから……」

優香は綾乃のしたたかさに腹立たしさを覚え、吐き捨てるように言い放った。

「私はあなたと男を共有するつもりなんてないわ。彼のことが好きなら正々堂々と奪えば良かったのよ。結局、あなたが求めたのは自分にとって都合のいい快楽だけでしょ！」

綾乃は唇を嚙んだ。

「あなたが四年も私を騙していたことを後悔できないのなら、私が死んだあの夜の光景を一生忘れさせない！　苦しめばいい、ずっと」

綾乃は衛の目の前で優香に罵倒されることにひたすら耐えているようだった。衛が擁護してくれるのではないかと微かな望みを抱いていたのか。ただ泣いているだけの衛を見れば、それが叶わないことは明らかだった。

「優香、僕はこの子と結婚なんてしない。子供も死んでしまったし、あの日からこの子とは会ってない。僕にとって大切なものが何だったか、お前がいなくなって気づいたよ。馬鹿だよな……。お前が僕のことを忘れても、僕は忘れない。お願いだから僕の記憶を消さないでくれ。その記憶だけでこれから生きていくから」

衛は椅子から立ち上がり、その場で土下座をして懇願した。その姿を見ていた綾乃が初めて、泣き崩れた。優香の背後で案内人の声が聞こえた。

「その女性の心の声を聞きなさい」

すると優香に綾乃の声が聞こえてきた。

一体この男にとって私は何だったの？

会社の飲み会で初めて衛さんを紹介された次の日、彼を誘わなければ良かった。

幸せそうな優香先輩に悪戯したかっただけなのに。

こんなことになるなんて。

今度は目の前の綾乃が口を開いた。

「優香先輩……。ごめんなさい。謝っても許されないこと……。それでも謝りたい……」

綾乃はまだ何か言いたそうだったが上手く言葉が見つからないのか口籠っている。優香は綾乃の心の声が聞こえたおかげで綾乃がどんな言い訳をしたいのか、察しがついた。だからといって許すことはできなかったが、彼女の後悔を知って怒りは和らいでいた。

「綾乃、この世界での私の記憶が消えるまで、貴方にはずっとあの光景を忘れさせない。それがあなたへの罰よ。衛さん、さようなら。ちゃんと生きて……」

優香は最後にそれだけを言い残し、光の中へと消えていった。再び白の世界に戻ってきた優香を案内人は優しく迎え入れ、そのまま次の扉へと案内していった。扉を通り抜ける瞬間、優香が後ろを振り返った。その後、優香には衛との九年間の楽しい記憶だけが残った。人が亡くなると残された者たちが故人をしのんで法要を行うが、三十三年目の法要が最後とされている。この世では、どんな魂も三十三年で往生すると言われているからだ。その時間が経過するまで、優香は扉の向こう側で衛との温かい記憶だけを抱きながら過ごすのだ。

優香が去ってからしばらくの間、衛と綾乃はその場を離れることができないでいた。二人の脳裏には優香の姿が焼き付いたまま離れない。今回は二人の記憶を消さないことも特例で、それが二人への罰だった。

天国がノートを開く。右上の数字は330。初めて故人の記憶を浄化させた。現世での憎しみや強い恨みを抱いたまま突然命を落としてしまうと、成仏できないことがあると天国は知った。その強い感情をこの世に捨て置いて行かなければ、次の世界に行けないのだ。天国は優香の最後の涙を思い出した。彼女の記憶が消えて次の世界に舞い降りるときには、この世の何倍も幸せになってほしいと心から願いながら、優香、衛、綾乃の三人の記憶を記録として書き残した。

ノートを書き終え、足元で丸くなっている猫に「僕のことで聞きたいことがあるんだけど……」と話しかけてみたが、猫は天国の言葉を無視し、足元で眠っていた。

第六話　シフォンケーキ

「繁《しげる》、明日はお休みできる?」

妻の光子《みつこ》が朝の支度に忙しい繁の背中越しに声をかけてきた。

「ごめん、無理そうだな。新メニューの仕込みがあるから」

「全然、休めてないけど、大丈夫なの?」

「ああ。ごめんな。行くわ」

そう言い残して、繁は急いで家を出た。天国繁、三十六歳の夏。

毎週水曜は店の定休日だが、ここ半年ほど全く休みがない状況が続いていた。ミシュランの星をとってから、繁の店は順調に売り上げを伸ばし、もう一店舗増やすという話が順調に進んでいることもあって、仕事のことしか頭になかった。光子との時間が少なくなっていることを気遣う余裕もなく、むしろ文句を言われる状況を作らないように避けているという方が正しい。

光子と出会ったのは、繁が二十代半ばの頃に働いていたイタリアンレストランだった。アルバイトとしてやってきた光子が厨房係になると、二人の距離は徐々に縮まった。知りあって一年が経過した頃、繁にとって光子は自分の夢を語るほど信頼できる存在になっていた。三つ年下の光子はパティシエールを目指していて、アルバイトをしながら学校に通っていた。それから五年で繁はその店を辞めたが、光子との結婚を機に赤坂の有名なホテルに呼ばれ、最年少の料理長として働き始めた。光子は自分の夢を叶えるのは繁が成功してからと言い、繁がホテルで働きだしてからは、自分たちの店を開くための準備を全面的にサポートしていた。

最年少の料理長の腕は瞬く間に世間の評判となり、足しげく店に通っていたグルメ評論家がスポンサーとして名乗りを上げてくれたのは繁が三十三歳の時だった。

「繁、おめでとう！」

光子がシャンパングラスを片手にいつになくはしゃいだ様子を見せている。そして、二人の間にあるテーブルには久しぶりに光子が焼いたラズベリー入りのシフォンケーキが置かれていた。

「みっちゃんこそ、お疲れ！　応援してくれてありがとう。南青山の物件、最高だよ」

「いいでしょ？　昔二人でよく話してた通りのイメージだよね」

「ああ。あの店ならスポンサーの肇《はじめ》さんも気に入ってくれそうだし……。こんなに早く夢が叶って、いいのかな？」

繁が照れ臭そうに笑った。

「実力だから。繁の！」

「こんどはみっちゃんの番だからな。ごめんな、待たせちゃって」

「私の番？　覚えてたんだ」

光子が笑っている。

「覚えてるに決まってるだろ？　僕が先だって言って、留学のために貯めてたお金もこの店のために使ってくれて」

「でもスポンサーが見つかったし、全額私たちの方で出す必要がなくなったじゃない？　だから気にしないで。それに、私の今の夢は少し変わったかも」

光子がそう言って悪戯っぽい笑顔を見せた。

「何？　パティシエールじゃないの？　今からフランスに行っておいでよって言おうと思ってたのに……」

「繁を置いて？　私一人でフランス？」

「全然僕は大丈夫。待ってるから」

「無理！　不安で行けない……」

「何？　浮気？　しないよ！」

繁が声をあげて笑った。光子が下を向いて照れている。

「冗談じゃなくて、本当に行きたいなら行ったほうがいい」

繁が真面目な口調で光子に言った。

「フランスで資格を取ることには興味がなくなったかな。おばあちゃんになってから小さなお店を持って、近所の子供たちが喜ぶようなケーキを作って暮らせれば満足。それよりも、そろそろ子どもが欲しい。九年も我慢したし……。だめ？」

「子供？　そうか……。もう結婚して九年も経つのか……。でもケーキの腕ももったいないけどな」

繁は、光子の手作りのケーキを美味しそうに頬張りながら言った。

「ケーキは資格がなくても、おばあちゃんになっても焼けるけど、子供はタイミングがあるじゃない？」

光子が笑っている。彼女が自分の希望を口にしたのは、結婚して初めてのことかもしれない。迷いのない笑顔を見ながら、ずっと自分を支えてくれた光子の気持ちに応えたいと思った。繁は光子の提案を受け入れた。

しかしそれからの一年、二人の予想以上に繁は仕事に追われた。繁が三十四の時、南青山にオープンした店は、スポンサーの影響もあり、開店の翌年にはミシュランの目に留まり二つ星を獲得。そして翌年には三つ星に輝き、予約のとれない評判の店へと成長していた。

光子との関係に大きな争いごとはなかったが、光子が望んでいた子供にはなかなか恵まれなかった。そして天国繁という人物が有名になればなるほど、繁と光子の間にできた川が少しずつ二人の仲を浸食し、簡単には渡れないほどの広さになっていくことを、この時の繁はまだ気づいていなかった。

閉店時間の二十二時を迎える十分前に、スポンサーで評論家の肇直人《なおと》が店にやってきた。閉店後に新たな店舗の打ち合わせをするためだ。今度の店は、六本木を予定していた。肇が更に大きなスポンサーを見つけてきて、今の店より倍近く広い店舗を開くことを計画している。そしてその店を起点として一気にフランチャイズ化しようというのが肇のビジネスモデルだった。繁には何の迷いもなかった。この件に関しては光子に相談するまでもないこととして、肇との間で進めていた。

肇はとっくに還暦を過ぎているはずだが、実年齢よりかなり若く見える。今日も、華やかな紫のジャケットを着て現れたが、その色を嫌味なく着こなす男はそうそういないだろうなと繁は思った。

「新しい店のコンセプトは、カジュアルだ。フランチャイズ化するためには、よりイタリアンを手軽に、身近に感じる新メニューが必要なんだよ。君を信じているけど、大丈夫か?」

「ええ、概ね構想はできています。明日の定休日に試作品を作るつもりです」

「楽しみだな。今、簡単に説明できるかな?」

繁は一瞬迷ったが、肇が情報を漏らすとも考え難く、口を開いた。

「簡単に言えば、パルマイタリアン」

「手の平のイタリアン……？」

「ええ。手の平に納まるサイズのイタリアンを楽しむというコンセプトです。全ての料理をピザの生地の薄いもので包んで食べるというイメージでしょうか」

「タコスのような感じかな？」

「そうです！　イタリアンは量が多すぎて食べきれない女性も多いですが、本格的な食事というよりは、どこでも手軽に楽しめる軽食というコンセプトで考えてみました」

「なるほど。中の具材もいろいろ考えられるわけだ。まずは何を包むつもりだ？」

「明日は、パスタともう一品はマリネを考えています」

「ピザ生地でパスタを包む……。面白いかもしれんな」

肇は明日も試食しに来ることを約束し、一時間ほどで帰っていった。繁はその後、いつものように店の片づけを終え一息つくと、急に家に帰るのが億劫になってきた。家まで車で一時間はかかる。帰っても寝るだけだ。思い立ったように光子にメッセージを送った。

【来客があって、今終わったんだけど、今日は近くのホテルに泊まるわ。ごめん】

しばらくして、光子からの返信が届いた。

〔そうなのね。わかった。お疲れ様〕

繁が外泊をするのは、この日が初めてだった。何があっても、どんなに遅くても必ず家に帰るようにしていたのだが、何故だか外泊を選んでしまった。そして、この日から繁が忙しさを理由に家に帰らなくなる日が増えていった。

店を持って二年が過ぎた頃、珍しく光子からメッセージが届いた。閉店三十分前の時間だった。

〔今日は、家に帰ってくる？〕

繁は既読をつけたが、返信したのは閉店後だった。

【何？】

〔話したいことがあるから〕

【今日でなきゃダメなのか？】

〔帰らないつもり？〕

メッセージが届くまではホテルに泊まるつもりだった。光子がこんなメッセージを送ってくることが珍しく、気になったので要求に応えることにした。

【帰るよ。もうすぐ店出るから。悪いけど、軽く何か食べるものがあると嬉しい】

〔わかった〕

それから五十分ほどで家に到着した。繁はダイニングテーブルに座って、一息つく。

「話って何？」

繁は光子に訊ねた。わざわざメッセージを送って家に帰るように促したのだから、些細なことではないだろうと思っていた。光子の顔を見ると、どこか得意げな笑顔だった。そしてしっかり二本の線が浮かび上がっている妊娠検査薬をテーブルの上に差し出した。冷静だった繁もさすがに興奮を覚えた。

「子供！　できたんだ！」

光子がうれし涙で頷いている。繁は思わず立ち上がり、光子の元に駆け寄ると、お腹に耳をあててみた。もちろん何も聞こえるはずがないが、耳の向こうで小さな命の鼓動がしていると思うと嬉しくて仕方なかった。

「繁ったら、気が早い。まだ何も聞こえないよ。三カ月ぐらいだし」

「病院はいつ行くんだ？　明日には行ってこいよ」

「繁の店が休みの日、明後日……一緒に行きたいな」

「ああ、そうしよう!」

その晩は、二人とも興奮し、ベッドの上で生まれてくる子供の名前を言い合いながらいつの間にか眠ってしまった。

二日後の店の定休日に二人揃って産婦人科を訪れた。光子の予想通り、三カ月を過ぎたところだった。その日から、繁はできる限り光子への気配りを最優先に考えようとしていたが、神様の悪戯か、繁の思い通りにはいかず仕事は多忙を極めた。新店舗計画とフランチャイズ化に加え、繁の知名度も上がり、メディアへの出演依頼も増えていた。そんな多忙の中、自分の店に来る客に対しても万全のサービスを提供したいと思うと、家に帰る余裕もなくなるほどだった。それでも繁は、最近つわりがひどくなってきたと嘆く光子を気遣い、連絡だけはマメに入れるように心がけていた。

【ごめん。今日も仕込みが遅くまでかかりそうで。ホテルに行くわ】

〔そうなんだ。手伝えなくてごめん〕

大変な時に家にも帰れない自分を責めずに、謝ってくる妻に愛おしさを感じながらメッセージを返信した。
【愛美《まなみ》が怒ってない？】
愛美というのは、二人がお腹の子供につけた名前だった。
〔ママを一人にしてって言ってるけど、パパ頑張ってって言ってる（笑）〕
【明日は必ず帰るから】
繁はもどかしさを感じながらも幸せに浸り、光子とのやりとりを終えた。

光子の妊婦生活は順調で、つわりも徐々に治まり、病院に行ってから一カ月ほどは家でのんびりと過ごしていた。妊娠による好みの変化なのか、スイーツの匂いに嫌悪感を覚えると言い、しばらくケーキ作りを止めていた。そんなある日、突然光子から店の料理が食べたいと連絡があった。閉店後に店に来ると言う。妊娠してからの光子は夜中でも食べたいものがあると、突然買いに行くと言い出して繁を驚かすことが時々あった。それでも二人はそんな非日常的な出来事も、生まれてくる子供のためだと喜んで受け入れていた。
光子からはタクシーで店に向かうと聞いていた。閉店時間を迎え、スタッフが全員帰っても光子は現れなかった。光子の性格なら閉店前には店に到着しているだろうに、いっこうに現れない。心配した繁は電話をかけてみたが、応答はなかった。

【今、どこにいる?】

メッセージにも既読はつかない。どうすることもできず、ひたすら光子からの連絡を待った。閉店して二時間ほど経った零時近くにやっと光子から着信があった。

「みっちゃん、どうしたんだ? どこにいるんだ?」

電話の向こう側から、光子のしゃくり声が聞こえてきた。取り乱している光子をなだめ、何とか居場所を聞き出す。繁は光子がいるという救急病院へと向かった。深夜だというのに慌ただしく救急車が出入りしている。夜間入り口から院内に入った繁は、真っすぐに光子の病室に向かった。薄暗い病室で、腕に点滴の管が繋がれたまま、光子は眠っていた。繁はすぐにナースステーションに向かい、夜勤の看護師に自分の素性を告げ、光子が運び込まれた時の状況を聞いた。

一時間ほど前に出血している状態で赤坂から搬送され、流産だったと説明された。処置が終わってからの精神状態が不安定だったため、今は鎮静剤で眠らせているという。光子自身は安静にしていれば一週間ほどで回復すると聞き、胸をなでおろした。

しかし待ち望んでいた子供が流産してしまったことは、少なからず繁もショックだった。

繁は病室に戻り、光子の手を握りしめ、見守っていたが、襲ってきた睡魔には勝てなかった。どのぐらいの時間が経過しただろう。繁を起こしたのは、光子だった。

「繁、ごめんなさい。愛美が……愛美が……」

「君が無事で良かった。一体何があったんだ？　何故赤坂でタクシーを降りたんだ？」

「乗っていたタクシーに接触事故があって、私に迷惑がかかるからと、運転手さんが降ろしてくれたの。少し離れたところまで歩いてタクシーを拾おうとしてたんだけど……。急にお腹が痛くなって、歩けなくなって。気が付いたら病院で……」

光子がまた泣き出した。繁はただただ光子をなだめ、二人はほぼ一睡もしない状況で朝を迎えた。翌日には退院となったが、光子の母親に迎えにきてもらい、精神的に落ち着くまでの間、実家で養生させることにした。

光子が元気を取り戻して繁の元に帰ってきたのは二週間後のことだった。店から戻ると光子が笑顔で繁を迎えた。

「おかえりなさい。心配かけてごめんね。もう大丈夫だから」

強がっているのではないか。繁は心配になって光子の表情を観察した。

「大変だったな。子供はまた授かれるよ」

光子が一瞬寂しそうな表情を浮かべたが、すぐに笑顔を見せ頷く。繁は光子が立ち直ってくれたと思った。

そしてまた二人に変わらぬ日常が戻ってきたが、繁も子供を亡くした悲しさを仕事で埋めようとしていたのか、以前にも増して仕事に没頭するようになり、光子の様子を窺うことすらおろそかになっていた。

繁が光子の問いかけを断り、休みを返上してから、三日ぶりに家に帰ってきた。日付が変わってから帰宅したが、そのままベッドに潜り込み意識を失うように爆睡したせいだろうか、頭がスッキリとした状態で目覚めることができた。そして今日は繁にとって特別な日でもある。一心不乱に頑張ってきた新しい店舗の準備が整い、やっと今日、メディアで情報解禁が行われるのだ。ベッドの横においてある時計を見た。あと五分で八時になる。朝の情報番組で発表される様子を見逃すわけにはいかないと、リビングに向かった。ＴＶの前のソファーでは既に光子がコーヒーを飲んでいた。

「やっと帰ってきたのね」

繁に気付いた光子が不機嫌に言った。

「やっとって、三日だけだろ？」

「最近はどこが家だかわからないんじゃない？」

「朝からどうしたんだよ。絡むなよ。今日は、みっちゃんにサプライズもあるんだからさ！」

繁は光子の気分を変えようと、話題を変えた。

「私には、あなたが帰ってきてるのがサプライズだわ！」

光子は表情一つ変えずに言った。その時、TVから「天国繁」と名前を読むアナウンサーの声が聞こえてきた。繁はコーヒーを片手にダイニングに立ったまま、驚きながら喜ぶ光子の姿を想像していた。ＴＶでは予約の取れないミシュラン店が六本木に新店舗をオープンするという情報が伝えられていた。肇と一緒に仕込んだ通りの内容だった。三分ほどの紹介が続く間、繁は口元が緩むのを抑えきれなかった。一方、繁の予想に反し、光子の表情は徐々に険しくなっていた。

「六本木に新店舗？　聞いてないけど」

　光子が静かに言った。

「だからサプライズだよ！　凄いだろ？　肇さんがでかいスポンサー見つけてきてさ、これから一気にチェーン展開するんだ。メニューもいい感じで……」

　興奮しながら喋る繁の声を遮るように光子が叫んだ。

「だから、私は聞いてない！」

　光子が今まで見せたことのないような形相で繁を直視してきた。そしてその時はじめて繁が好きだったロングヘアーをバッサリとショートに変えていたことに気づいた。様子がおかしい。繁は咄嗟に話しかけた。

「みっちゃん、どうしたんだ？　そんなに怒ること？」

　光子が突然泣き出した。

「どうして、家に帰ってこないの？　愛美がいなくなったから？　店のことは、二人で頑張ろうって決めたんじゃないの？　秘密は作らないって約束じゃなかったの？」

　泣きじゃくる光子が矢継ぎ早にまくしたてた。繁は少し混乱し、同時に腹立たしさを感じ始めていた。誰のために頑張ってると思っているのか？　秘密にしているつもりもなく、ましてやましいことは何もしていないのに、何故自分が責められるのか訳がわからなかった。

「いい加減にしろよ。何をすねてんだよ。新店舗の準備で忙しかっただけだろ？　仕事のことで一杯一杯なんだよ。また店が大きくなるんだから嬉しいニュースだろ？　愛美のことは終わったことなんだから」

「終わったこと⁉　その言い方は何？　私を責めるんなら、責めればいいじゃない」

「責めてないだろ！　めんどくさいのは勘弁してくれよな」

繁は思わず吐き捨てるように言い、いたたまれずに家を飛び出した。あてもなく車を走らせ、三十分ほど経った頃、やっと気持ちが落ち着いてきた。それから更に十分ほど走り、家からそう遠くない公園の脇に車を停めた。まだ少しは怒りが残っていたが、頭の中は光子を心配していた。考えてみたら、新店舗の準備が始まってからは光子とゆっくり会話をしたこともなかったかもしれない。店の定休日もほとんど返上し、仕事に没頭していた。その状況を光子なら理解してくれると思っていたからだが、そうではなかったらしい。繁はため息をついた。再び光子と対峙することは億劫だったが、このまま逃げても仕方がないことも分かっていた。光子が気になってメッセージを送ろうとしたが、止めた。彼女の本心を知るには、顔を見て話すべきだろうと思ったからだ。繁は再びエンジンをかけ、自宅へと戻った。

「みっちゃん！」

繁が光子の名前を呼びながら、リビングに向かう。リビングのソファーに座る光子の笑顔を見て、一瞬自分の目を疑った。

「あれ、繁⁉ 今帰ったの？」

その言葉に、繁は鳥肌が立った。光子がおかしい。光子が壊れた？ 言葉が出てこない繁にまた光子が話しかけた。

「TV見たよ！ 凄いじゃない。私たちの子供、お姫様だね」

光子が笑っている。冗談を言いながら笑っている。繁は家を飛び出す前の光景が夢だったのではないかと思いたかったが、どちらも現実だった。

「みっちゃん……髪切ったんだね」

繁が差しさわりのない会話を選んだ。

「気づいてくれたんだ、嬉しい」

「当然だろ。ショートも似合ってるよ」

「ごめんね。繁はロングが好きなの分かってたんだけど、育児が始まったらケアが大変だから」

「みっちゃん、ひょっとして子供……できたの？」

「やだなぁ、まだまだ。でも準備はしとかなきゃ」

やはり光子の様子がおかしくなっている。繁は途方に暮れた。


光子の変化に気付いてから一週間。あの日以来、光子の様子は落ち着いていたが、時々家の中で繁を探しながら不安がることがあった。とにかく繁は毎日家に帰るようにし、次の定休日に光子を病院に連れて行こうと予約をいれた。そして水曜日の朝、自然な感じを装いながら繁が光子に切り出した。

「今日休みだからさぁ、久々に一緒に外出する？」

「いいよ」

「二人でカウンセリング行ってみない？」

光子が怪訝そうな表情を見せた。繁は、光子に警戒心を抱かせないように満面の笑顔を作りながら話した。

「赤ちゃん……時間がかかりそうだから、念のため問題がないかどうか一緒に検査しておかないか？　終わってから、みっちゃんの好きなケーキ食べに行こう」

何とか病院まで連れ出すことができたが、心療内科という看板を見て光子は抵抗した。それでも何とかなだめ、繁がずっと傍にいるということを約束して診察を受けた。

「天国光子さん、何か強いストレスを感じているのかな。躁鬱の傾向がでてますね。薬を出しておきますから、しばらく様子をみてみましょう」

光子より一回りぐらい年上に思える女医が、診察結果を告げた。

「先生、薬は困ります。子供に影響があると困ります」

「大丈夫ですよ。天国さん。妊娠しても影響のない薬にしておきますから。光子さんは廊下で待っていてください。ご主人だけ残ってもらっていいですか？」

光子は医者に促され、診察室を出た。扉が閉まるのを確認し、医者が口を開いた。

「初期の躁鬱状態ですから、ひどくならないように注意が必要です。奥様の様子がおかしくなったことの原因に思い当たることはありますか？」

「僕の仕事が忙しくて、一緒にいる時間が少なくなっていたことでしょうか……」

「お子さんはいらっしゃらないのね？」

「最近、流産したばかりで……。妻はまた欲しがっていますが」

「子供ができないことへのストレスはあるかもしれませんね。特に異状がないのなら、自然にまかせるしかないのでしょうが……。とにかくストレスになるようなことを極力避けてあげて、奥様の言動や行動に大きく反応しないように、常に受け入れてあげてください。奥様が夢中になれるようなことがあれば、やらせてあげるのも良いでしょう」


繁は病院に行った日から毎週、店の定休日には必ず休みをとり、光子にケーキをオーダーするようになった。光子は毎週水曜になると、ラズベリー入りのシフォンケーキを焼く。以前のように繁との時間を過ごせるようになったことで少しずつ病状が回復しているように見えた。繁もいつしか光子が病気だということを忘れてしまい、再び仕事に集中できたが、それでも定休日はどんなに疲れていても家に帰ることにした。

そして三カ月が過ぎた。二人の十一回目の結婚記念日を三日後に控えた日、久しぶりに光子が朝から浮かれていた。

「どうした？　朝から嬉しそうだけど」

本来ならばほほえましい光景だが、光子は完治しているわけではない。思わず注視した。

「今日は、うちのお姫様の服を買いに行かないと」

繁の表情が曇った。

「お姫様？」

「いつ生まれてきてもいいように！」

「子供、できたのか？」

「わからないけど、夢に女の子が出てきたの。きっと女の子だよ、私たちの子供」

「先に病院で検査してきた方がいいんじゃないか？」

「大丈夫だよ。そのうち行くから。それよりも買い物！」

陽気な振る舞いを見て病状が悪化したのではないかと不安になった。しかし、ここ数日を振り返っても、光子のストレスになるようなことは思い当たらない。

「買い物どこに行くんだ？」

「渋谷かなぁ。帰りにお店に寄ってもいい？」

繁は答えることに躊躇した。光子が心の病だということは誰にも気づかれたくなかった。

「買い物が終わったら、一度連絡してくれる？　忙しくなければ、一緒に帰るから」

「忙しくないとか、だめでしょ。お店は順調なんでしょ？」

「最近は、僕がいなくても大丈夫なこともあるから」

繁が上手く誤魔化した。実際のところ、最近は優秀なスタッフが増え、二番手のシェフは充分に繁の留守を任せられる実力を備えている。

「じゃあ、連絡するね」

午後三時過ぎ、光子からメッセージと写真が届いた。

〔買い物終了！　荷物多すぎて、タクシーで帰っちゃう〕

写真には、デパートの紙袋が十個ほど写っていた。繁は、躁状態の患者の症状に突然の浪費があると知っていたが、その写真を目にした時、無性に苛立ちを覚えていた。いつまで自分が彼女の状況を受け入れなければいけないのか？　光子の病気を知ってからは、繁の方がストレスを溜めている。それでも光子と向き合い、彼女の笑顔を見るたびに愛おしさを感じていたが、そろそろ限界だったのかもしれない。

【わかった】

繁はそれ以上の言葉が一言も思い浮かばなかった。

店が終わってから家に帰ることを躊躇ったが、何とか自分を奮い立たせ家路を急いだ。帰宅すると、部屋の中は真っ暗だった。光子はもう寝てしまったのだろうか。そう思いながらリビングに足を踏み入れると、そこには買い物から帰ってきたまま座り込んでしまった光子が泣いていた。繁は驚いたが、慰めるほどの元気がでなかった。

ゆっくりと光子に近づき、静かに訊ねた。

「今度はどうした？」

「どうしてこんなに買ってしまったのか、わからない……」

光子は握りしめていた紙きれを繁に差し出しながら言った。カードで買ったのだろう。光子が握りしめていたのは明細だった。その金額は、二百万を超えていた。繁の疲れと怒りが頂点に達した。

「いい加減にしろ！　お前、本当に病気なのか？　何の不満があって、こんなことしてるんだ？　僕のことがそんなに嫌なら、別れてやるよ」

繁はそのまま家を飛び出し、店の近くの定宿になっているホテルへと逃げ出した。とにかく何も考えたくなかった。そしてホテルの部屋に持ち込んだウイスキーを一瓶飲み干し、意識を失くして朝まで眠った。

精神が高ぶっているのだろうか、深酒で寝入った割には早朝に目覚めた。六時だった。気になって携帯を確認したが、光子からの連絡は一切入っていなかった。少し頭が痛い。繁はベッドに仰向けで寝転がり、呆然と天井を見つめた。今の状態の光子を一人で抱えきることは限界なのだろうか。光子の両親に助けを求めるべきなのか……。このままでは仕事もままならなくなり、自分の夢も諦めなくてはいけなくなるかもしれない。繁はゆっくりと起き上がり、一度光子を実家に帰すことを決めると、ホテルをチェックアウトし、自宅へと戻った。

玄関に入った繁は、何か違和感を覚えた。昨晩家を飛び出した時から時間が止まっているような感じがしたのだ。リビングに入ると、昨日と同じように床にはデパートの袋が散乱している。その傍らには、光子が握りしめていたカードの明細が落ちていた。光子の姿はそこにはなかった。繁はそのまま奥の寝室へと向かったが、寝室は使われた形跡がなく、人の気配もなかった。ふいに恐怖を感じて体の震えが止まらなくなった。足が無意識に浴室へと向かう。洗面所の奥にある浴室から微かに水の音が聞こえてくる。そして繁が浴室の扉を開けると、洗い場の床に真っ赤に染まった光子の体が横たわっていた。繁はその場に立ちつくしたまま、光子を見つめた。真っ白な顔と、薄っすらと開かれているように見える瞳、そして紫色に染まってしまっている唇。繁は浴室の外から体を伸ばし、恐る恐る光子の鼻先に指を近づけてみた。息はしていない。光子の死を確信した瞬間、繁は全身の力が抜け落ち、その場に座り込んでしまった。目の前の光景を受け入れられないまま、どのぐらいの時間が経過しただろうか。気づいた時には、東側にある浴室の窓から温かな日差しが差し込んでいた。

ふと我に返った繁は咄嗟の判断を誤った。本来であれば、すぐに警察に連絡せねばならなかったのだが、妻の死が公になり、メディアなどに騒がれてしまうことを恐れて通報を躊躇してしまったのだ。繁は光子を浴室に残し、そのまま部屋を出ると、人目を避けて非常階段で駐車場まで戻り、車で一旦マンションを離れた。朝の通勤ラッシュで渋滞している道に入り込み、停滞している車の中で溢れ出る涙を拭うこともなく泣いた。それから二時間ほど経過し、店の近くにたどり着こうとしたころ、繁は車を道路脇に止め、光子の実家に電話をかけた。精一杯の平常心を装い、話し始める。

「おはようございます。お義母さんですか？　ご無沙汰しています。繁です」

『あら、珍しいわね。朝からどうしたの？』

「実は、昨晩から光子の具合が悪いみたいで」

『どこが悪いの？』

「体がだるいとしか聞いてないんですが、昨晩から徹夜で作業していて僕はまだ帰れないんです」

『じゃあ、光子は一人で家に？』

「そのはずなんですが、電話をしても連絡がとれなくて。お義母さん、様子を見に行っていただくわけにはいかないでしょうか。どうしても僕が動けなくて……」

繁は大嘘をついた。義理の母に光子を発見させるために……。自分が通報すれば、必ずメディアが嗅ぎつけてしまう。母ならば、メディアの目にさらされることがないかもしれない。短時間の間に繁が考えた苦肉の策だった。思惑どおり、娘の様子を見に行った義理の母は、昼前に浴室で息絶えている娘と対面し、警察に通報した。取り乱した母から連絡を受けた繁は、すぐに家に戻り、初めて見たかのように光子の亡骸にすがって泣いた。その涙に嘘はなかった。

状況から光子の遺体は一旦警察に運ばれ、司法解剖となった。死因は大量出血によるものと断定され、自殺として処理されたが、繁が耳を疑う事実が告げられた。

「残念ながら奥様は妊娠四カ月だったようです」

繁は、号泣した。

繁は光子の葬儀が終わるとすぐに二人が暮らしていたマンションを売りに出し、店の近くにワンルームマンションを借りた。それから一カ月近く、かろうじて店には出ていたが、以前のようにはいかず、スタッフに店を任せることが多くなっていた。光子の死は、突然の事故死として周りには伝えられていた。悲しみを隠そうとする繁を不憫に思い、懸命に店を守ろうとしてくれていたが、徐々に料理への情熱を失っていく繁の様子に、店を辞めるスタッフも出始めていた。そして繁は味覚が狂わないようにと控えてきた酒を毎日飲んでしまうようになっていた。光子がいなくなってからは、大切にしてきた仕事や自分の夢を実現させることの意味がわからなくなった。そして家に帰った繁の脳裏に毎日浮かんでくるのは、光子がリビングで泣いていた姿と真っ赤に染まった哀れな最期の姿。何故あの時、自分は光子を責めてしまったのか？　何故、光子を一人にしたのか？　そして光子を発見した時、何故自分のことしか考えられなかったのか？　日々自分を責めていた。

当然のことながら肇と計画していた新店舗と新規事業もとん挫せざるを得ない状況に追い込まれ、全ての権利を肇に譲渡することにした。繁は名前だけを貸し、事業自体はそのまま進められていった。

光子の四十九日が近づく頃、光子宛ての一枚のハガキが繁の元に転送されてきた。光子が通っていた産婦人科からのハガキだった。繁は内容を確認した途端、その場で泣き崩れた。病院から光子へ五カ月目の検診を促す手紙だった。繁は、涙を拭うとハガキに記載されている病院の番号に電話をかけた。

「すみません。天国と申します。妻がそちらでお世話になっているのですが、橋本先生はいらっしゃいますでしょうか？」

お待ちください の声の後、保留音が流れ、しばらくして女性の声が聞こえてきた。

『橋本です。天国さん、心配していました。検診にいらっしゃらないので、奥様に何かあったのではと……』

「ご連絡が遅くなって申し訳ございません。妻は順調だったのでしょうか？」

『ええ。母子共に順調です。ただ少し精神的に不安定な時があるようでしたから、心配はしていましたが。次の検診までにはご主人に打ち明けて、一緒にいらっしゃるとおっしゃっていたのに……。何かあったのですか？』

繁は医師に光子が亡くなったことを伝え、丁寧に礼を述べ、電話を切った。

医師の話によると、光子はもう一度流産してしまうことを恐れており、安定期に入るまでは夫に隠しておきたいと願ったそうだ。大きな秘密と不安を抱え、一人で耐えていた光子を思うといたたまれなかった。そしてまた自分を責めた。ウイスキーをグラスにつぎ、一気に飲み干した。もう一杯つぎ、また一気に飲み干す。喉が焼けるように熱い。そして意識が朦朧としてくるなか、繁は眠った。

再び繁が目覚めたのは、深夜一時を過ぎた頃だった。まだ少し酒が残っているような感覚の中、繁は黒いキャップに黒いマスクを着け、ジーンズとTシャツの上にダウンジャケットを羽織り、駐車場で車に乗り込むと東京駅に向かった。八重洲北口の隣にある駐車場に車を入れると、携帯で河口湖行きのバスの時間を確認した。始発に近い六時五十分発の高速バスを見つけると乗車券を購入し、朝まで駅の待合所で時間を潰した後、河口湖に向かった。終着駅の河口湖駅から目的地の樹海までの行程は覚えていない。体が記憶していたのは、冷たい土の感触と寒さの中で感じた異様な眠気だけだった。

「思い出したかね？　自分の最期を」

声のする方に視線を動かすと、テーブルの上に座った白猫が繁に話しかけていた。

繁は猫の正面の椅子に腰かけている。目の前には焼き立てのシフォンケーキが置いてあり、繁の記憶に深く刻まれている甘酸っぱいラズベリーの香りが漂っていた。まだ意識は朦朧としていたが、徐々に頭の中の霧が晴れていく。

「君が最後の客、三百五十八人目だ。天国繁くん、光子さんとの思い出の料理シフォンケーキで、君自身の記憶を浄化しなさい」

猫は繁にそう告げると、その姿を人に変えた。目の前に現れた黒服の男を見て、繁の全ての記憶が蘇った。

「あなたは、白い世界で会った人……」

「ああ。君は光子さんに会いたくて、自らの命を絶ったが、私には自分の命をおろそかにしてしまった者の希望を叶えることはできない」

「はい。そう言われました。僕は、絶望してずっと真っ白な世界にいたような気がします」

「君はあの中にこちらの世界の感覚で言えば、三年は留まっていた。犯した罪を償うこともなく、奥さんの元に行きたいと願う君の姿を見て、君に提案したのだよ。君をあのままにしておいては悪霊を生み出してしまうだけだからな」

「思い出しました。あなたが僕をこのログハウスに連れてきたことを。そして命を失ってから三十三年目までに聖なる数字とされる三百五十八人の記憶を浄化させれば、僕の望みを叶えることができると言われたことを……」

男が小さく頷いている。

「そしてあなたは猫に姿を変え、ずっと僕の傍にいたのですね？」

「それは少し違うのだが……。君をずっと見てきたことに変わりはないがね」

「何故僕の記憶を消したのですか？」

「君が途中で迷わないように。過去の記憶に縛られたままでは、成し遂げられなかったのではないかな？　まあともあれ、君はやり遂げた。これで君は悪霊にならずにすむし、奥さんも成仏できることだろう」

繁の瞳から涙が零れ落ちた。

「さあ、君に残された時間は多くない。光子さんに会って、君の記憶を浄化させ、君の望み通り光子さんと一緒に次の世界に行けることを願っているよ」

男はそう言って姿を消した。

繁は目の前のシフォンケーキを一口頬張った。するとこれまで数多くの人たちに見せてきた光景と同じように、繁の前にはオレンジの光が降り注ぎ、光子が現れた。

「繁、会いたかった……」

懐かしむ表情で繁を見つめる光子の目にも涙が光っている。

「みっちゃん、ごめんな。君がいなくなって初めて気づいたんだ。あの店は二人の夢だったんだって。みっちゃんがいなければ何の意味もないんだよ。どこで何を間違ったのか……本当にごめんな」

繁の言葉に光子が口を開こうとしたが、繁はそれを制し、また話し始めた。

「君が死んでしまったと分かった時、僕は自分のことしか考えてなくて、どうしてあんな行動をとってしまったのか、今でもあの時の自分が恐ろしくて仕方ないんだ。君を一人で死なせたこと。嘘をついて君をお義母さんに発見させたこと。君に犯した罪を僕はどうしたらいいんだろう……」

繁が顔を歪めて泣いている。

「繁、私も弱かった。時々自分が自分じゃなくなるような気がして……、その時間がだんだん長くなっていくように感じて……。その理由もよくわからなくて……。でも、お互いにきちんと向き合えてなかったのかもしれないね。せっかくまた子供ができたのに、自分で命を奪うことをしてしまって、後悔してもしきれない。もう元に戻せないのだから。私が犯してしまった罪も償いようがなかったのに、それを全部繁が受け止めて償ってくれたのよ。だから、もうお互いに自分を許そうよ」

光子はそう言うと、そっと繁の肩に手を触れた。ここでのルールに反している行為に、繁は一瞬身を引こうとしたが、間に合わなかった。

「繁、大丈夫。案内人さんに言われたの。対面した時、繁を許せるなら繁の体に触れなさいって」

光子の優しい笑顔に包まれながら、繁は光子の手の平から温かな熱を感じた。その熱が体中を駆け巡るような感覚に浸る。そして繁の姿が変化した。髪の毛には白髪が混じり、目尻の皺は深くなり、一瞬にして繁の風貌は老人へと変わっていった。

繁が命を落としてから三十三年。この世界での繁の年齢は七十歳近くになっていた。繁に課せられた使命を成し遂げ、繁は本来の姿に戻って、この世界に別れを告げる時が来たのだった。

「繁、年をとっても素敵だよ」

光子が優しく繁を見つめていた。

「みっちゃん。もう一人にしないから。僕たちのやり方は間違っていたけど、また二人で会えたんだ。これからは一緒にいられるだろう?」

光子が小さく頷いた。

そして繁は自分の肩に置かれた光子の手をとり、二人は静かにオレンジの光の中に消えた。天国が去った後テーブルの上には三十三年の記録を書き留めた一冊のノートが残されていた。

天国繁、三百五十八人目の記憶が浄化された。

天国は光子と共に扉を入る瞬間、案内人の方を振り返り、言った。

「ノートの最終ページに僕の願いを書いておきました」

天国がこの世に残した最後の願いにはこう綴られていた。


〜亡くなった人と残された人。

その関係はいつまでも繋がっているのだと気づくことができました。

残された人の記憶から消えない限り、世界が変わってもその存在は消えない。

三十三年間、ありがとうございました。僕が去った後も、誰かがこの役目を引き継いでくれるでしょうか。

そう願いたい。

残された人たちの悲しみを消し去り、美しい思い出だけを残すことができれば、清らかな魂が次の世界に溢れるような気がします〜


案内人はノートを閉じると、優しい笑みを浮かべ、その場から消え去った。

エピローグ

山の奥のごはん屋に、また新緑の季節が訪れた。天国繁がこの世界を去ってから数か月が経ち、家の老朽化が進み始めていたが、また屋根の上の煙突から煙が立ち上っている。家に続く緩やかなスロープの入り口には、以前と変わらず「あなたに会えるごはん屋」という看板も立てられていた。


家の中には若い男性が一人と、白猫がいる。猫が男に向かって話しかけた。

「準備はいいかね？　いよいよ天国くんの意思を継ぐ時が来た」

「ええ。僕も選ばれて嬉しいです。この世界で生きる意味を見つけられた気がしています」

「君の不思議な力に期待しているよ」

「はい。その力に気づかせてくれた案内人さんには感謝しなきゃ」

そう言って男は笑顔を見せた。そろそろ最初の客が来る。

その頃、坂の上には白いSUVが停車し、中から一人の女性が降りてきた。女性はゆっくりと坂を下り、ごはん屋の入り口に立つ。紐を引いてベルを鳴らした。しばらくして、その扉は開かれ、中から一人の男性が現れた。

優しい笑顔で出迎えた男が挨拶をした。

「いらっしゃいませ。オーナーの桜坂神です。お待ちしておりました」

本書は書き下ろしです。

双葉文庫

し-50-01

あなたに会《あ》える杜《もり》のごはん屋《や》

2024年9月14日　第1刷発行

【著者】
篠友子《しのともこ》

【発行者】
箕浦克史
【発行所】
株式会社双葉社
〒162-8540 東京都新宿区東五軒町3番28号
［電話］03-5261-4818(営業部)　03-5261-4831(編集部)
www.futabasha.co.jp（双葉社の書籍・コミックが買えます）
【印刷所】
大日本印刷株式会社
【製本所】
大日本印刷株式会社
【カバー印刷】
株式会社久栄社
【DTP】
株式会社ビーワークス

【フォーマット・デザイン】
日下潤一

ISBN978-4-575-52791-9 C0193
Printed in Japan

双葉文庫　好評既刊

今宵も喫茶ドードーのキッチンで。

標野凪

住宅地の奥にひっそりと佇む、おひとりさま専用カフェ「喫茶ドードー」。疲れたからだと強ばった心を、店主そろりの料理が優しくほぐします。

双葉文庫　好評既刊

双葉文庫　好評既刊

つまらない住宅地のすべての家

津村記久子

とある町の十軒の家が立ち並ぶ住宅地。そこに女性受刑者が刑務所から脱走した……。住宅地で暮らす人々の生活と心の中を描く長編小説。

双葉文庫　好評既刊

天国からの宅配便

柊サナカ

大切な人へ、あなたが最後に贈りたいものはなんですか？　依頼人の死後に届けものをするサービス「天国宅配便」の配達人が贈る心温まる感動の物語。